散文精神について

広津和郎

散文精神について　目次

徳田秋声論

一

徳田秋声の文学の道は長かった。この五十年に垂《なん》んとする秋声文学の足跡を辿って見て驚くのは、この作家が五十年の間に絶えず成長して行った事である。大概の作家は或時期には際立って仕事をするがそう長くは続けられない。時々休んだり又書いたりする。ところが秋声はその地味な足取りで絶えずこつこつ書き続けながら、而《しか》も最後に至るまで成長を止めていないのである。七十歳を越えて書いた最後の作に至って、その成長の頂上に達したというような作家は、日本ばかりでなく、世界にもそう類例はないように思われる。

殆んど一貫した一本の道を辿《たど》りながら次第に成長して行っているその成長の跡を論ずるという事は、なかなか骨の折れる仕事である。思想的の転機を見せたり或時期を画して視野の拡大を示したりしている作家というものは、論ずるのに処々《ところどころ》に目標を立てて行けるので、割合に摑まえて行くのが容易である。併し秋声の成長にはそうした外面に現われている取っかかりは殆んどない。やっと急所と思えるような糸を探り当てたつもりで、それを手繰ろうとしている間に、ふとその緒を見失ってしまうと、直ぐ混沌の中に迷い込んでしまう。私は何度も探り出してはそれを見失い、探り出しては見失うために、時々途方に暮れて呆然として手を拱《こまね》かずにいられなくなるのである。

併《しか》しそのともすると見失い勝《がち》な緒を辿り辿り、秋声の歩んだ道を跡づけて見る事は、決して興味のない仕事ではない。

秋声の文学の発足は、その自伝的長篇「光を追うて」の中に彼自身詳しく語っている。年少にして文学を志した彼は、第四高等学校を中途退学して、桐生悠々と共に郷里加賀金沢から上京して、尾崎紅葉の門を叩き、容れられずして大阪の長兄のところに転がり込んだり、故郷に逃げ帰ったりし、それから土地の新聞などに関係して暫《しば》くぶらぶらしているが、再び又上京する。それは一般の文学書生の踏んで行く道と大して違いがなかったように想像される。

その二度目の上京以後は、東京での生活の道もどうやら開けて行って、博文館で校正やルビ振りの仕事を担当したり、新聞社に入ったりする。そして尾崎紅葉にも今度は前と違って近づいて行く機会にめぐまれる。

併《しか》し紅葉門下としての彼は、同門の鏡花、風葉のような華々しい存在にはなかなかなれなかった。私は嘗《かつ》て彼を「紅葉の歓迎されざる弟子」と云った事があるが、「光を追うて」や「思ひ出るまゝ」を読むと、あながち「歓迎されざる」というわけでもなかったらしい。無論鏡花、風葉のようなわけには行かなかったけれども、相当紅葉山人から眼をかけられた事もあったらしく彼自身は述べている。唯《ただ》鏡花、風葉のように紅葉に親しめなかったところが彼自身の性格の中に多少あったのではないかと想像される。併しいずれにしてもその頃は鏡花、風葉のように華々しい文学活動はしなかった。彼みずから述べているところに依ると、その間に『読売新聞』に書いた「雲のゆくへ」が多少の反響を得た位のものであった。

その「雲のゆくへ」を書き上げ、それが単行本にもなると、多少ふところに余裕を生じたので、彼は新聞社を退き、再び大阪に旅し、更に別府などへも出かけて行っているが、その時の事を彼は「光を追うて」の中に次のように書いている。

「中央。文壇に遠いこんな土地へ来たといふ事も、病気や温泉といふ事よりも、彼の懶惰な逃避性や孤独性のさせる業であつた」

彼は慢性の胃病が相当ひどくそのために始終曇天のような気持で暮し、心持が消極的になり、時には投げやりや懶惰になり、自分でも自分の心を始終持扱っていたようである。その当時の事を書いたその「光を追うて」を彼自身説明して「題目も私の柄になく『光を追うて』となって居り、人生の光明面を描いたように見えるが、事実は必ずしもそうではなく、強ち《あながち》光などを追ってはいなかったのである」と云っている。

その通りに、彼は文学に対する渇望は心の中に燃えながらも、長い間自分の道を発見出来ず、胃病に悩みながら、相当憂鬱な暗中模索を続けて行ったらしい。鏡花や風葉が脂が乗り、その書こうとする小説の構想などを興奮して語るのを聴いても、秋声自身はそれに対抗すべき新奇な構想も浮んで来ず、彼等のように活気の湧いて来ない自分の心をあっけらかんとして見つめながら、聴き手になっていたらしい。

構想を練り、文章を鍛え、読者の興味を捉える事に野心を持った硯友社派傾向の文学の栄えていた時代に、秋声がそう浮び上れなかったのは、彼の個性としてあながち無理な話ではない。鏡花、風葉に後れて、その後から歩みの遅い秋声はのこのこ歩き出し、この二同輩の全盛の蔭に隠れて、こつこつと他日への準備をし始めた。と云っても、別段自信をもってはっきりと他日のために隠忍準備にいそしんだというわけではない。そうではなくて、鏡花や風葉のようにはでやかな鬼才、能才を持合わせていなかった秋声は、屢々《しばしば》みずからの頭の鈍な事をひそかに歎きなどしながら、併し自分の納得出来ない事にはどうしても手をつけたり足を踏出したりする事が出来ないというその特質によって、一歩々々自分の道を踏んで行ったのである。

この自分が納得しない限りあやふやな事には手をつけないという特質は、秋声の作家生活五十年を一貫しての特質であり、又その五十年の間絶えず彼を進歩させた素因であったと云う事が出来ると思う。

彼は「他人のものを読めない質《たち》だ」と告白しているが、実際あんまり読書家ではなかったらしい。たまに読めばそれに熱中して読耽ったりする質でもあったろうが、併しそういう事も気紛れで、持続的に読書に勉めるというような人ではなかったらしい。風葉が花袋からの又聴きによって、欧洲の近代文学に触れようと躍起となっていきり立っているのを見ても、風葉よりは語学の素養のある秋声は読もうと思えば直接原書を読めたであろうに、そう外国文学を漁ったりもしなかったらしい。もっとも読もうと企てた事はあるだろう。併し所謂研究とか勉強とかは持続しないのである。無論これは不勉強として非難されるべきものではなく、その人の質であると思う。

或時は又、「人の物を読んで何か学べるとも思わない」という意味を彼は感想の中に述べているが、それはひとりよがりとか傲慢とか云って非難すべきものではなく、己れの納得の行く事以外に、己れを空しくしていろいろなものに感心したり、それを取入れたりする事の出来ない質である彼には、いわゆる知識の集積というような事がそう尊重すべきものとは考えられなかったのである。

但《ただ》し長い間には、いつとはなしに近代欧洲文学の常識は彼にも出来ていたに違いない。彼の中期から晩年にかけて、彼はイプセン、バルザック、トルストイその他について時折断片的な意見を述べているが、それ等は秋声の見方としてはさもあろうと肯綮《こうけい》(かんじんなところ)に値するものが多い。

兎に角、自分が納得出来る事以外には、己れを空しくして派手な冒険や飛躍などする事はなく、秋声はとぼとぼ地味な道を歩いて行った。時には立止って、あれやこれやと、触覚をまわして探って見る位の事はしたかも知れないが、併しやっぱり自分の道は自分の道のほかにはないと思って、又とぼとぼと飛躍やケレンのない道を歩きつづけたのである。なかなかぱっと陽の当って来ない道なのでやきもきもしたり、投げやりにもなったり、捨鉢にもなったり、虚無的になってごろりと寝ころんでもう起上るのも厭になったり、かと思うと又勇気を出して起上ったりして、とぼとぼと歩き続けて来たのである。

これが自然主義時代が来るまでの秋声の長い準備の時代であった。所謂勉強家には学べないようなものまで、その間に学んで行ったと云って好い。彼は投げやりからも、無為からも、失意からも、憂鬱からも、人生を学んで行った。彼独得の納得作用で彼はそれを納得して行った。私は秋声独得の納得作用といったが、それは単に頭で物を理解して行くというようなものではない。頭で物を理解して行くというような事は、或は秋声はそう早い方ではないかも知れない。そうではなくて、彼が願うにしろ願わないにしろ、彼は彼のぶっつかったものを、そう機敏な仕方によってではないが、じわりじわりと吸収し体得して行くのである。私は嘗てそれを吸取紙のように物事を吸収して行く彼の感受性に帰した事があったが、頭からも、眼からも、或は皮膚からさえも、彼は彼のぶっつかったものを観念によって割切ったり、都合よく善悪の価値をつけたりしないで、そのままに感じ、吸収し、そして味得して行くのである。

二

そこに自然主義の機運が生じて来たが、前に述べた秋声の準備時代は、丁度この新しい時代に最も必要な準備を期せずして積み重ねていたようなものであった。

併し此処でも時代の先頭に立って、新文学を主張したり、その旗手となって活躍するなどという事は、彼に向く事ではなかった。彼は本来的には自然主義の先駆者と云われて好いような素質を持ちながら、実際の上では、その機運に促がされ、誘い出されたと云った形で、後からのろのろとついて行き出したのである。

私は前にその時代の秋声を次のように述べたことがある。

「その中に自然主義時代が来た。今度はその自然主義の後からのこのこ蹤《つ》いて行った。引込思案で、無精者で、神経質で、病弱で、胃病で、始終曇天のような気分で生きていて積極性がなく、物事に対して受動的である氏は、その時非常に勉強したとも思われない。小栗風葉が自然主義への華やかな転向をはかってジャアナリズムの上で勇躍しているのに、氏は地味な作物を書いてぽつりぽつりと歩いて行った。その間に短距離選手国木田独歩の活躍があり、田山花袋の自然主義の闘将的奮闘があり、島崎藤村の長者風の陣ぞなえがあり、正宗白鳥のニヒリズムの突撃があり、文壇はにわかに色めき渡った。

その後から主義主張がなく、地味で、正直で、いつの間にかじわりじわりといろいろなものを消化し体得して行く感受性――それも消極的な受身の感受性をもって、秋声はのこのこ蹤いて行った。のこのこ蹤いて行く中にいろいろなものをじっくり吸収して行った。そしていつの間にか、そうだ、自然主義の主張者よりも、もっとその本質を身につけてしまった。それはほんとうに不思議な消化力だ。恐らく学ぼうという努力の意志なくして吸取紙のように吸収して行く感受性――頭も眼も皮膚さえも、いつでもそういう吸収作用をしているのであろう。

『新世帯』あたりから確固とした足取りで始まった彼の作風は、『足迹』『黴』『爛』『あらくれ』に至って、とうとう日本の自然主義小説の最高峰に達してしまったのだ。……今日自然主義時代を振返ったら、秋声のこれ等の作物は、他の同時代の作家達のものよりも、最も自然主義研究のために役立つであろう。――主張する積極的の天才ではなくして受け入れて行く天才、秋声氏の天分はそこにあるのである」

この引用した文章は大体に於いて今でも間違っていないと思うが、併し自然主義の後からのこのこ蹤いて行って、その主張者達よりもそれを体得したというよりも、寧ろその主張者達よりもそれに対する身についた準備を長い間前以て積み重ねて来ていたと云った方が、実際は正確なのである。

それだから、主張者達には自然主義は一個の自己革命であったが、秋声に取ってはそれは生地をむき出して磨けば足りる道であった。独歩は厳密な意味では自然主義作家とはいえないかも知れないし、又真の散文作家になる前に夭折してしまったというべきであるから（晩年の「竹の木戸」「二老人」あたりで、始めて独歩は小説家になりかかったが、そこで彼は気の毒にも斃れてしまったのである）それは除外視するとして、センチメンタルな少女小説のようなものから自然主義を主張してその先頭を切った花袋の自己革命的飛躍や、それから詩から散文のリアリズムに転進した藤村の自己克服的苦悶努力などから考えると、秋声はそんな際立った身振りなしに、地のままで自然主義に入って行けたのである。——主張者達の後からのこのこ蹤いて行って、それを誰よりも身につけて体得出来たという事は、秋声としては頗る自然な事であったのである。

併し長い冬籠りの後で、この自然主義の春にめぐり遭って、とうとう秋声にも花開く時が来た。日清戦争後間もなく文壇のスタアトを切った秋声が、日露戦争後に起ったこの新機運に際会するまで、雌伏十数年に及んでいる。尤もそうは云っても、その間を彼は必ずしも蔭に埋れ通して来たわけではない。硯友社全盛後から自然主義の勃興するまでの過渡的文壇に於いて、彼の地味な努力も次第に報いられ、いつか中堅的地盤を確保しつつあったのである。明治三十年代の前期から中期後期と、彼の発表作が年毎に数を増して行った事を年譜で調べて見ても、彼がジャアナリズムに認められて行った経路が解るであろう。

けれども、何と云っても脂が乗って来、彼が彼らしい仕事に思う存分取り組み始めたのは、この自然主義の新機運にめぐり遭ってからであると云っても間違いではない。明治四十年頃からこの新機運の主流に棹《さおさ》し始めた彼は、明治四十一年に「新世帯」を書くに及んで、押しも押されもしない新文学のエキスパアトとなったと共に、彼のリアリズムの方向をはっきり獲得する事が出来た。翌明治四十二年の正月号諸雑誌に彼が八篇の創作を発表しているのを見れば、彼が如何にジャアナリズムの寵児として引っ張り凧になったかが想像されるであろう。

此処で秋声の創作年譜を前に置いて、彼が如何に生涯書き続けたかを見るのも、無駄ではないであろうと思う。その明治四十二年には正月に八篇の創作を発表しているばかりでなく、彼はその一年に実に無慮《むりょ》（ざっと）三十三篇という驚異的多数の作品を発表している。そして前年の四十一年には、これまた二十八篇というそれに次ぐ驚くべき数字を示している。

この二年は生涯でも最も多作した時期であるが、続く明治四十三年には十七篇（長篇「足迹」を含む）、四十四年には十五篇（長篇「黴」を含む）、四十五年（大正元年）には十篇、大正二年には同じく十篇、同三年には六篇、同四年には五篇（長篇「あらくれ」「奔流」の二篇を含む）、同五年には七篇、同六年には十二篇と云ったように、毎年六七篇乃至十一二篇を発表し続けて大正年代を経過するのであるが、その間にも十年及び十三年の各十五篇、十五年の十四篇等、漸く老齢を加えて来た作者としては考えられないような努力振りを発揮している。かくて昭和年代に入るのであるが、昭和年代に入っても、彼の創作力はなかなか衰えず、毎年欠かさず数篇の創作を発表し、とうとう死の前々年の「縮図」まで、休息する事なく書き続けたのである。その間で昭和五年、六年には各一篇ずつしか発表せず、同七年には終に一篇も発表していないが、明治三十一年以来の年譜で一篇も発表していないのは、実にこの昭和七年唯一年だけであると云ってよい。徳田秋声年譜に記載してあるところによると、この昭和五、六、七年の三年間は、「身辺多事にして、内面的苦悶を嘗めつつ精進、殆んど創作の筆を執らず」とある。

以上は明治四十一年からの創作年譜のあらましであるが、その前に三十年代にも毎年多数の作品を書きつづけた事を計算に入れると、この四十何年間殆んど休息する事なくぶっ通しに筆を執り続けたわけである。このような事はわが文壇にはもとより例がないし、彼より後輩の大正年代の多くの作家達のほんの一時期しか書かず、大概沈黙勝ちである事から較べても、讃嘆に値する事であるし、又広く世界の文壇を顧みても、殆んどその類例を見出す事が出来ないであろうと思う。

私は徳田秋声の創作年譜を前にして、その努力の跡を見つめていると、いろいろの感慨の湧いて来るのを覚える。文壇という決勝点のないトラックを、とことこ、とことことことといつになっても走り続けた長距離選手としての息の続き方にも驚嘆するが、そしてその間、彼と並んで走っている選手の顔触れが次ぎ次ぎと交替されて行くのに、彼独りはいつになっても次の時代、次の時代の選手と交り合って駈け続けた事にも改めて瞠目させられるが、それと同時に、いかに書いても、あらゆる意味で「特権」というものを持ち得なかった平《ひら》作家としての彼の足跡に、歎息に似た感動を覚えるのである。同時代の漱石や藤村等のように、その労作から受ける印税によって休息出来るような余裕を殆んど持ち得なかった彼は、こうして四十数年間書きつづける事によって、その物質生活を負担して来たのである。如何に彼の創作力が衰えなかったとは云え、これは大変な事である。恐らく一年、一年と順ぐりにその時を過して来たから、この多難な長い年月をこうして過して来られたようなものの、若し逆にこの年譜を前にして、これからこのように四十何年を書きつづけなければならないと云われたら、徳田秋声自身でも恐らくうんざりするであろうと思う。

そして更に驚くべき事は、かくの如く書いて書いて書き通しながら、その文学の筆が少しも荒《すさ》むような事はないどころか、晩年に至って益々《ますます》それの冴えを見せて来ていることである。小説という文学は青年期、壮年期の情熱と体力とを必要とするという常識を見事に叩きつぶして、七十歳を越えて書いたその最後の作品「縮図」に、秋声文学の頂上を示しているという事は、まことに偉観というべきであろう。

併しその事は後で語る事にして、自然主義時代に戻る事にするが、「新世帯」に彼の自然主義的リアリズムを確保した秋声は、明治四十三年に「足迹」を、四十四年に「黴」を、大正二年に「爛」を、そして大正四年に「あらくれ」と「奔流」とを、こうして前後六年の間に彼は代表的傑作と云われる五篇の長篇を書き上げて、島崎藤村の「家」と共に、日本自然主義の金字塔を打樹ててしまったのである。

これ等の長篇に取扱われたものは、所謂庶民階級の日常生活と愛慾との世界であり、その合ったり離れたり、集まったり散ったり、喜んだり悲しんだり、楽しんだり苦しんだりする、その辺にざらに見かける凡庸人の生活の種々相である事がその特色をなし、英雄もいなければ天才もいない。それはこの作者が徹頭徹尾庶民階級の友であり、又その仲間でさえある事を示している。そこには作者の特に語る思想もないし、イディオロギイもない。どうにもならない凡庸な姿を、驚くばかり地味な、誇張のない筆致で、如実に描いているだけである。彼はそれ等の男女の姿を彼が見る現実の姿として、私心や解釈を挿《はさ》まずにじっと凝視しているのである。

「救いのない人生」という言葉が、嘗て批評家達によって、秋声の取扱っているこれ等の人間の種々相に向って冠せられた事があった。じめじめと陽のあたらないような彼等の生活に、批評家達が傷心して、そうした形容詞を生み出したのであるが、併しそう云われる事は、秋声の本意ではないかも知れない。又秋声がそうした人間のじめじめした生活を見つめているので、秋声の文学が否定の文学であるというように呼ばれた事もあった。併し人生に対して否定的な見方をしていると云われる事も、亦秋声の本意ではないかも知れない。

「無論私の文学は否定的ではあらうが、一概にさう極めてしまふ事も出来ないので、生きる上に光が必要な事は当然である。ただ余りちかちかする光は、私の弱い目には目眩《まぶ》し過ぎるのである。私は尫弱《おうじやく》な少年の頃、小学校の教室から外へ出ると、強い太陽の光に目がくらくらして、空を仰ぎ見る事が出来なかつた事を今でも覚えてゐる」

これは何も秋声がそうした批評に直接に答えたわけではなく、自伝的長篇「光を追うて」の上梓に当り「あとがき」として書いたものの中にあるのであるが、そしてこの昭和十七年の八月に書かれた「あとがき」は、秋声の最後の文章であると聞き及んでいるが、ぎらぎらする光を体質的に受けつけられない秋声は、所謂英雄や天才よりも凡庸人の凡庸な生活に引かれるのであろうが、併しそれは決して人生を否定しているわけでも、又「救えない」と云って絶望しているわけでもない。そうではなくして、あるがままにそれを凝視して、「否定」とか「肯定」とか、そうした観念的判断を無暗にせっかちに下したがらないのである。

人生の否定とか肯定とかいう事が、よく批評家達によって云われ勝であるが、そしてそれは批評家達が観念的道徳観によって作物を割切ろうとする傾向があるという事を示すものであるが、併し作中の如何なる人物をも決して軽蔑する事をしない作家の文学がその本質に於いて人生を否定しているわけがあろう筈はない。実際徳田秋声は子守っ子一人でも、決して作中の人物を軽蔑していない。そして恐らく実際生活に於いてもそれがこの作者の態度なのであろうと思うが、この作者は世間的に英雄と云われる人間をも、子守っ子をも、既成の観念や世間の定説などに煩わされずに、同じ態度で見る事が出来た人であろうと思う。つまり彼自身の納得の行くようにしか何物をも見なかった人であろうと思う。

秋声は彼の或作物に対する豊島与志雄の批評に答えて、

「自分は芸妓を芸妓として風俗的に見ようとは思わない。自分には芸妓と令嬢との間に本質的な区別は感じない」という意味の事を云っていたが、これは秋声の人間に対する態度をよく語っている。

又「救いのない人生」というような批評家的範疇からの連続として、「あらくれ」に至って秋声が人生を肯定し始めたと説こうとする或一派の批評家もあるが、それなどもやはり同じことで批評家的色目鏡の浅い観察に過ぎないと云わなければならない。「足迹」や「黴」の女主人公が男から男へと渡って歩く廃頽《はいたい》的乃至《ないし》は好色的投げやりの生活をしているに引換えて、「あらくれ」の女主人公お島には生きる意力がある、それだから秋声は「あらくれ」に至って今までの否定的人生観から、肯定的人生観に一歩足を進めたと、そういう批評家は説こうとするのである。

なるほど、「あらくれ」のお島はがむしゃらに生きようとする。女並のやさしさなどというものに捉われず、享楽や色情などというものに負けず、たとい男から男へ移って行くにしても、それは何とかして積極的にこの世の中で仕事をしたいという止むに止まれぬ小野心家的苛立ちの現れであるという事は確かである。こういう女主人公はそれまでの秋声の作中には珍らしいもので、それが活き活きと描かれている点でも、秋声のこの時代の代表的傑作であるという事には私も異存はないが、併しこの女主人公を秋声が人生を肯定するために描いたという事はどうであろうか。この女によって否定から肯定に移ったとしたら、それまでの否定の秋声も知れたものであるし、ここまで来て肯定家になったという秋声も知れたものであろう。――実際そういう批評は困ったものであるが、秋声はこのがむしゃらな女を描きながら、その批評家の謂うところのお島の意力や生活の積極性などというものが、如何に粗雑で、浅薄で、根抵のないものであるかという事を実によく知っているし、それをちゃんと描いている。この小野心家の性格を秋声は興味をもって描いただけで、此処に秋声は観念的に積極性などというものを少しも強調してはいない。

そういう意味での否定も肯定もない。秋声は作家的興味で描いているので、その意味では「足迹」や「黴」を描いたのと大して秋声の態度に違いがあるわけではないのである。

この「あらくれ」は恐らく作者の身辺にモデルがあったらしく想像されるが、この同じモデルを取扱った後の作の「勝敗」などを読めば、このお島を描く事によって人生の積極面に目をつけ出したとか、否定から肯定に作者が移ったとか説こうとする批評が如何に他愛のないものであるかという事を、批評家自身が覚るであろう。――つまり「勝敗」にはお島の積極性なるものの本体がどんなに浅はかなものであるかという事を、秋声自身が如実に描いているからである。

もっとも人生肯定とか否定とか、消極的とか積極的とか、光明とか闇黒とか、意力とか廃頽とか、そうした倫理的批判を、かく云う私でも多くの他の作家を批評する場合に持出さないとは限らない。何故かというと、そうした倫理的批判乃至解釈が、近代文学の多くの作物の成立つ重要な動機となっているからである。実際十九世紀以来、世界の近代作家達は、何等かの意味で彼等の倫理観によって人生の葛藤を割切ろうとして血みどろになっている。彼等の作物はその苦悶の跡であったとさえいう事が出来る。それだから批評家が批評家の倫理の尺度を持出して、作家達やその作物を解釈しようと思うのも無理はない。

併しわが徳田秋声の長い作家生活は、なかなかそんな批評家の倫理的尺度では割切れない。「あらくれ」で批評家達が作家の人生肯定と云って喜んだお島の積極性を示したかと思うと、次には又批評家が眉をひそめるような消極的なぐうたら女などを平気で書きつづけているからである。

もっとも、若し倫理観などという近代批評家好みの言葉を持出せば、徳田秋声にも彼の作家倫理観がない事はない。それはつまりそうしたあらゆる既成の倫理観をふるい落してしまって、人間の行動をあるがままに見ようとする事である。そして又若しこれも批評家好みの否定、肯定という言葉を持出せば、そうしてあるがままに見る事によって、秋声はそれを肯定しようとしているのである。

但しこの「肯定」という言葉を、ほんとうに秋声の態度に照して云えるのは、その自然主義の代表作を書いた時代ではなく、もっと後の時代であると云うべきであろう。この自然主義時代は、彼はまだあるがままに物を見ようという事に一番努力していた時代であった。そしてその努力が多くの月日の積み重ねを経て、晩年の彼が示したような一つの人生肯定の姿に進み、且つ徹して行くようになったのである。

秋声の自然主義は、同時代の自然主義よりも最も徹底した自然主義であると云われる説には私も賛成である。彼は取扱う人物を高所から見下すような事をしなかった。そして人間の卑小さをも軽蔑せず、作家として作中の人物と同じ高さに立って、既成の観念から離れて、その人物の喜怒哀楽を味読し、それを表現して行った。どんな人物にも作者がその人物と同じ高さに立って、或はその人物について行って、その人物の見、感じて行くがままの人生をそのままに客観的に摑み出して見せたという点で、日本ばかりでなく世界の自然主義の中で秋声は最も徹底した自然主義者であったと云って差支えないであろうと思う。

三

秋声に取っては、この道によって人生を味読して行く以外に道がなかった。従ってこの道によって彼の文学を深めて行く以外に道がなかった。彼は「作の密度」といううまい言葉を使っているが、彼の文学は所謂観念的人生観の変化や転向というようなもので深まって行くのではない。以上述べたような人生味読の深まりによって、その密度を増して行くのである。それが彼に取っては文学の進歩なのである。

一つの理念、イディオロギイ、倫理観というようなものを動機として組立てられたものに、彼は高級の芸術を認めていない。彼は外国の近代文学をそれほど勉強した方ではないらしいことは前にも述べたが、併し、長い間には折りに触れて見たり聞いたりする事によって、相当それを感じ、理解してはいる。

彼はイプセンの「鴨」が上演された時、その芝居の技巧のうまさに面白さを感じはしたが、併しイプセンの「鴨」に示されている作者の意図は、決して高くは買っていない。イプセンの芸術の動機は、秋声には決して高級のものとしては映らないのである。彼は次のように書いている。

『鴨』はイプセンの傑作であらうが、ヤルマアといふ、日本などには別してざらにあり勝ちな感傷癖の夢想家を中心人物としてゐるのと、扱つてゐる材料が通俗劇じみた一般的な問題であるなどの点で、思想的にはさう深いものとも思へない。グレエゲルスといふ潔癖青年だの、ヤルマア及びグレエゲルスの一段上にあつて、人生を冷やかに（ともいへないが）見下してゐる医者のレリングなどは、抽象的な鋳型から作り出された生硬な思想の代弁者で、劇中人物として深く交錯してゐない。だが、組立ての巧みな事は驚くべきもので、抜差のならない緊密さを持つてゐる。私はこの人物の一人々々について可なり異存もあつて――殊にグレエゲルスなどは、劇の進展と破裂に役立つだけで、してゐる事は浅薄きはまるものである。彼はヤルマアとレリングの中間性人物で、ヤルマアと一つの人物に混合鋳造しても面白い芝居はできるし、レリングのもつてゐる思想方面をつきまぜて、ヤルマアの脇役として働かせても、必ずしも不都合はない。強ひて三つの型を造つてゐるだけに芝居が表面では複雑だが、人間としての劇的作用が単調になつてゐるのだとも云へる。レリングも悧巧ぶつて気取つてゐるけれども、結局ヤルマアの運命に対して、つまらない小技巧を弄してゐるに過ぎない」

「鴨」はイプセンの作物中でも傑作の聞え高いが、秋声の芸術眼には、こうした通俗劇にしか映らないのである。――もっとも自然主義以前には、イプセンかぶれのした小説を書いた事もあるという事を、秋声自身何かの感想で告白していたのを考えると面白いが。

これはもっと晩年になってからであるが、日本の文壇にバルザックが何度目かにもてはやされて来た時（バルザック熱は今まで何回も繰返された）、秋声は次のような事を述べている。

「近頃私はバルザックを少し読んで見たが、通俗小説を書く上では参考になるかも知れないと思ふが、自分のほんたうの小説を書く上には別段参考にならうとは思はなかつた」

これはどうやらバルザックのあの方法を云ったものらしい。作の密度というものを始終気にしている秋声には、バルザックの冗漫と饒舌とは、あまり雑然とした騒音に聞えるのであろう。この辺に来ると、秋声ははっきり彼の芸術観に信念を持って来た事が解る。丁度ひと頃彼よりも後輩の作家達の間に文学的長篇小説に向っての呼び声の盛んな時があったが、そのとき秋声は或感想に次のような意味の事を述べている。

「短篇一つでもその密度が気になつてゐる私は、今長篇を書く気はない」

そしてそれを云った直ぐ後で、「通俗小説もトルストイ位になると……云々」という意味の言葉を使っているが、文学のトルストイ的方法も彼には通俗小説と見えたのである。もっとも彼はトルストイを否定しているのではなぐ、「トルストイ位になると」と敬意を表しているのであるが、併し創作の方法が場面を追って筋を発展させて行くものであったり、その動機が問題提出にあったりするような文学は、彼の純粋文学観には結局通俗小説の部類に入れられてしまうのであろう。

こうした彼の世界文学に対する断片的な感想が、果して客観的に妥当性を帯びた批評となり得るかどうかという事は、無論大きな疑問である。前にも述べた通り、そう熱心な読書家でない彼が、トルストイ、バルザックを果してどの位精読しているかは解らない。けれども、彼が彼の文学を追求する心から、なかなか他の文学を寄せつけないところに、彼の文学観がどういうものであるかをおのずから暗示しているので、そこがこれ等の彼の感想の面白くもあり、意味深くもある所以なのである。

単に外国文学ばかりではない。彼は二葉亭四迷の文学をも通俗視して、そう高く買っていない。日本近代の知識層の苦悶に最も早く身をもって打《ぶ》っつかった二葉亭の暗示するところは、随分大きなものであり、二葉亭がその文学をもって掘りかけて中絶したリアリズムの坑道は随分深くもあり、又埋蔵量も多くて、徳田秋声の掘ったリアリズムの坑道と並んで、現代文学に大きな二つの鉱脈をなすものなのであるが、秋声はこれをも通俗小説として片付けている。——恐らく二葉亭のやはり場面々々を積重ねて、小説を発展させて行く文学の方法が、彼にはまだるっこいものであり、又二葉亭がその創作動機に持っている思想的なところが（それだから、従って一種の問題を提出している事になるのであるが）、彼には感傷以外のものとしては映らないのであろう。

私はこの二葉亭のリアリズムと秋声のリアリズムとを比較研究して見ることは、明治以来の日本近代文学の性質を闡明《せんめい》する上で興味ある仕事となると思うのであるが、そしてそれは、また秋声文学の或限界をはっきりさせるものとなるであろうと思うのであるが、今その暇はない。唯、二葉亭が前にも述べた通り知識層の苦悶の先駆的象徴であるとすれば、秋声は庶民階級の庶民的生活感情の愛撫者であるという事だけは云っても差支えないと思う。そして思想的抽象性が或人に取っては直ちにその人の人生行動になって行き、生活も芸術もそれを契機として動いて行くというような事は、恐らく秋声には別の世界のように縁遠く思われるのであろう。これは二葉亭ばかりでなく、世界の近代作家の多くと秋声との相違であるとも云える。

兎に角、二葉亭がその思想的懐疑から文学に見切りをつけるようなことを放言したりするのに（その事それ自身が、二葉亭らしい人生探求心――従って文学追求心の変形的現れであったという見方も成立つのであるが）、秋声が徹頭徹尾文学に終始し、生涯を通じて彼の「文学」の密度を深める事に専心した事なども、いろいろな意味をわれわれに語っていると思う。

併しそれは余り枝道に入る事になるから、いつか又こまかに考えて見る事にして、今は秋声の文学についてのみ語る事にしよう。

自然主義の代表的長篇を続いて発表した年代から続く七八年の間は、秋声の文学に多少の中だるみの来た時代であったと云うべきであろう。それは年齢からもそういう時期に来たと云えるし、又次の時代というものがはっきり擡頭して来て、自然主義時代と文壇の色彩がひどく変化して来た事も多少の影響がなかったとは云えないが、三十八歳で「新世帯」を書き、四十六歳で「あらくれ」「奔流」を書いた秋声は、それ等によって彼の純客観小説の頂点に達した感じで、その後は稍《やや》そのマンネリズムの繰返しに過ぎないような傾向を示し始めた。新たに現れた大正期の若い作家達の間に伍して、相変らず毎年相当多数の創作を発表し続けてはいたが、愛児の死を取扱った「犠牲」や「悲しみの後」等に読者の心を打っただけで、客観的な題材を取扱ったものは「あらくれ」時代のような熱や力に何処か欠けていた。スウド・リアリズムなどという非難がその頃文壇に起ったが、そういう非難に値するような作物も確かになかったとは云えなかった。「或売笑婦の話」「好奇心」「復讐」等に今までの厳しい客観描写ではなく、ギイ・ド・モオパッサン流に人生の或断面を切り取って、気の利いた額縁にはめ込んで見せようとでもするような意図を示し始めたようにも見えたが、「或売笑婦の話」以外は成功していないし、成功した「或売笑婦の話」でも秋声文学の正統のものから見ると、その味が深いものとは云えない。

ところが、大正十三年に発表した「花が咲く」「風呂桶」あたりから、一つの転機が来た。勿論転機と云っても、それは秋声文学の一貫した道の上にあるものではあるが、併しその味わいに、今までの彼の作品に欠けていたほのぼのとした底明りが射して来たのである。それは自然主義時代の長篇傑作などにはなかったような、舌にとろりとした後味を残すような不思議な美味《スウイートネス》である。

私はその当時この二作を読んで、「秋声に主観の窓ひらく」と云った事がある。昔の彼の作物のように客観の重圧感の下に主観が息を詰めているようなものではなく、主観も客観も互に柔かく溶け合って、一つの透明な調和を奏でていると云った感じである。今まで対象を見つめ、それについて行くために主観を圧殺していたのに、今やそういうぎこちない努力や追求から解放されて、もっと一段自由な立場から対象を眺め、自由な心持で描いて行くと云った境地である。私はこの作者の主観の窓がひらいたばかりでなく、「作者が人生に対して何か意見を持ち始めた感じがする」というようにもその当時云ったものである。

もっとも、人生に意見を持ったと云っても、無論それは何か観念的な思想を持ったという意味ではない。そうではなくて、解放された主観や意見がほのぼのと作品の底に溶け込んで、それが前になかったような明るさと香気とを作品に漂わせ始めたというのである。

私が自然主義以後の大正期の文壇で若い幾多の新進選手達にまじり、派手な花形達の蔭に隠れてとぼとぼと文壇のトラックの上を駈けていた秋声が、一時はその存在を見失われ勝ちにさえ思えたのに、いつかやっぱり若い選手達を追抜けていたという事に気がつき、今更のように驚嘆をもって彼を見戍《みまも》り始めたのは、この二つの作を読んだ時であった。——のろのろと立遅れたように見えながら、自分のペエスを乱さない彼は、大正期十数年の長距離で、新たに生れた選手達をも亦追い抜けていたのである。

美辞麗句の一言もなく、際立って観察の鋭さを誇らないような彼の文章が、若い作家達の妍《けん》を競った文章よりももっと新しいのではないかと、私が感嘆したのもその時であった。それは文章の効果を前もって予想しないで書きつづけて来た人が自然に達して来た文章であり、何等かの「芸術境」を前もって予想しないで歩いて来た人がおのずから達して来た「芸術境」である。

併しそれはまだ萌芽だったと云える。これが後になって晩年の秋声に色濃く現れ、主客合体の完成期に達するようになるのであるが、併しその傾向が育ちきらない間に、そこに彼の身辺に突如として一つの大きな変動が来た。それは彼の妻の死であった。

四

長い作家生活の労苦の多い道伴《みちづれ》としてのこの妻を、秋声は「黴」を始め、「犠牲」「未解決のまゝに」「風呂桶」「花が咲く」「折鞄」その他幾多の作品の中に浮彫りにしている。この突如として襲って来た妻の死は、五十代の半ばに達して、沢山の子供を持った秋声には、精神的にも、生活の上でも、大きな打撃であった。

併しこの妻の死から来た生活の変動は、又彼に一つの「生活期」とも云うべき時期をもたらす原因となった。これは偶然ではあったが、その偶然が作家秋声の晩年の諸作に複雑な色彩を与える契機ともなったのである。

その時期は所謂「順子もの」といわれる一聯の作物の中に断片的に取扱われ、又後に長篇「仮装人物」の中に全体的に描かれているが、それは一人の若い女性によって、妻に先立たれたこの老作家の生活に持込まれた愛慾の葛藤時代であった。

この事件は無論彼の人間的興味がそれを惹起したという事は否定出来ないが、併し身を悧巧に守ったりする事をしない彼が、護身の武器を持たずに手ぶらでのこの人生を歩いて来たので、その余りの警戒のなさから、つい落込んだ陥穽のような感じがない事もなかった。

彼がこの「生活期」から学んだものは相当大きかったと云えるが、その渦巻の中で彼が見せたものは世の所謂修養などというものとは凡そ反対のもので、寧ろ修養のない赤裸々な人間感情の暴露であった。嫉妬、情痴、歓喜、絶望、激情……そうしたものの赴くままに身をまかせて、それを抑える世間並の分別などというものには欠けているように見えた。

いや、分別が全然働かなかったとはいえない。五十代の半ばに達した分別はもとより度々首をもたげるし、世間の思惑や非難も始終気になるし、それでいて青年のような情熱の嵐のままに押流されて行くのであるから、それだけにその愛慾生活が複雑になり、苛立たしいものになり、血みどろになって行ったわけなのである。

正直に真剣に（それだから、周囲には寧ろ滑稽な感じさえ与えたのであるが）、この問題にぶつかって行った秋声が、世間の批評に神経質になって逆にそれに抗議したり、更に嘗《かつ》て見せなかったような甲高い烈しさで他を批評したりしたという事は、ちょっと想像出来ない程である。彼がいかに興奮状態にあったかが解る。芥川龍之介の「点鬼簿」を罵ったり、シュニッツラアを浅薄としてしりぞけたり、ストリンドベルグの描く人生葛藤に共感を叫んだりしたのもこの時期であった。そして『新潮』の合評会で、志賀直哉の「痴情」を不道徳と云って非難したのもこの時期であった。私はその合評会の席に居合わせたが、志賀直哉が久しぶりで発表したその作品の価値を高く買っていたので、その旨を述べると、秋声は開き直って、「君などは女に対する潔癖がないから、この作に共鳴するのだ」などという烈しい物の云い方で、私の方へ向って叱責するように云ったものであった。私も開き直って秋声に二言三言言葉を返したが、併しそういう間にも、秋声のその烈しい物の云い方を、秋声の生活と照し合わせて、私はそこに或感動を覚えていた。道徳、不道徳というような云い方も、秋声の言葉としてはめずらしかったが、その若い女性に対する思いつめた激情が、彼にそういう言葉を使わせるに至ったのかと思うと、興味深い事に思われた。私達はその女性に対して、秋声とは違った評価を持っていた。それだけに秋声の興奮が、われわれにいろいろな事を思わせたのである。

恐らく秋声がその生涯で最も意見らしい意見を述べたのはこの時期であったろうと、私は他の文章に述べた事もある。

作物と離れて、逸話的興味に走るという事は、この文章の性質として避けるべき事であると私は思っているが、併し作家徳田秋声の研究に多少役立つと思うから、もう少し述べる事にするが、客観的作家と云われていた彼もこの事件には相当主観的な興奮を見せたものであった。その彼をそうした葛藤に導いたその女性を、彼の周囲や文壇の人々が、秋声の思っているように価値を認めていないという事が、恐らく彼を苛立たせたのであろう。彼はその合評会の席上で、誰もその事について何も云いはしないのに、

「あれは純粋な好いところのある女です……」などと、青年のような興奮と多少ヒステリカルな語調を見せながら、突然抗議するように云い出したりしたものであった。

その一種性的白痴とも云うべき女性（大正末期から昭和初年にかけて、こうした女性が比較的現れた現象があった）の文学的才能さえも、秋声は贔屓目《ひいきめ》に買い過ぎた傾向があった。それは事実客観的に見れば、殆んど問題にするにも足らないような他愛のない才能であったが、或日秋声を訪問した宇野浩二を前に置いて、秋声が彼女に、「そうだ、君も文学論が好きだし、宇野君も文学論が好きだから、丁度よい、二人で論ずると好い」と云ったという程、秋声は彼女の文学を一人前として認めていたらしいのである。——宇野が苦笑したのはもっともな話であるし、後で宇野はその事を私に話し、「阿呆クサ」と大阪的表現で呟いて横を向いたりしたものであった。

けれども、元来客観的に見て取るに足らないような相手に、相当の人物が夢中になったり、盲目になったり、痴態をあらわしたりするという事は、恋愛の上ではあり勝の事で、そういう場合、われわれはそれをそう問題にすべきではなく、それよりも、その人物がそういう出来事

を内面的に如何に生きたかという事を見戍《まも》るべきが、ほんとうであろう。秋声が後に「雑記帳の一部」の中で、「恋愛には生命がけといふのも大袈裟だが、一ト向きであつた事は、自慢にもならないが、そんなに慚愧すべき事だとも考えられない」と述懐しているところを見れば、この事件に彼がどんなに真剣であったかという事が想像される。そしてその事が何より肝腎な事なのである。

五十歳を越して、「風呂桶」「花が咲く」あたりに見せ始めた彼の澄んだ心境は、この出来事によって一時すっかり掻き乱されたかの観があった。そのまま或は老境にひたり込んで行ってしまったかも知れないとも今から考えると考えられない事もない彼の心境に、兎に角一つの活素剤が注射されたわけである。それが毒剤であるか益剤であるかは暫く措くとして、彼はこの時期に至って思いも寄らなかったような激情を経験し、動乱を経験し、執着を経験し、苦難を経験した。そしてそれが彼の冷静な生活態度の平衡を一時的に失わしめた嫌いがない事はなかった。

その事件の最中に彼がその事件を取扱った幾つかの作物は、「風呂桶」「花が咲く」の澄み切った世界から惑乱の真っ只中に飛び込んだような、大分落着きを失ったものであった事は当然な話であるが、併し此処に見のがしてならないのは、抑える事の出来ない激情、痴態、嫉妬、疑惑、懊悩の渦巻の間にも、流石に自己を見る彼の眼が濁らずに光っていた事であった。正直に、赤裸々に弁解めいたところがなく（こうした作物には大概の作家の場合弁解がつきものになり勝であるが）、その眼で彼は自己の姿を客観的に摑んでいた。相手の女性に対しては、少し曇っていないとはいえなかったが、自己に対してはその眼は見るべきものを、ちゃんと見のがさずに見ているのである。盲目的生活行動の間にも、作家の眼がその盲目行動について、仮借なく、仔細にその一つ一つを見つめているのである。

この事件をそれが過ぎ去った十年後になって取扱った長篇「仮装人物」は、それ等の作物を集大成したようなものであったが、時間の経過のために、主人公が前よりも一層客観的に描かれているばかりでなく、相手の女主人公の姿も、今度は相当はっきり客観化されていた。この小説は秋声の作品中では特異の小説で、その文章などには何か無手勝流と云ったような自由奔放過ぎるところがあった。て・に・を・はの続きがはっきりしなかったり、その意味を捕捉出来ないような消化されない文字が使ってあったりして、恐らく推敲の遑《いとま》もなく書く側から雑誌社の手に持って行かれたのであろうと思われるような無造作があり、不用意があったが、併しそうした表面的に消化しない粒々《つぶつぶ》のようなものがありながら、いろいろの意味で興味深いものであり、作家秋声を知る上にも見のがす事の出来ない屈指の代表作と云って好いであろう。

「風呂桶」「花が咲く」のような澄んだものがないばかりでなく、そこには「あらくれ」時代の冷徹な形式もない。その代りに、そのいずれの時代にもなかったような形の崩れた野放図な情熱があり、何か青年のような若々しさがある。

此処には一切の事がぶちまけるように書いてあった。過去現在入りまじった書き方で、もっともその描法は秋声独得のもので、その過去現在の入りまじりが、不思議な立体感を作品に与えて行くのであるが、何もかもが書いてあった。主人公のどんな小さな行動をも心理をも見のがしてはいないし、体裁的に書きたくないか、或はつい書落してしまうような些末な卑小な事でも包み隠さずにさらけ出して書いてあった。疑惑、懊悩、嫉妬のかもし出す痴態も、若い青年のような甘い情熱も、その癖女の全部を背負って行こうという勇気のない老年の打算も、そしてそこから来た離れようと思いながら離れられない心、又即《つ》こうとして即き切れない心も……それがありのままに、まざまざと眼の前に浮ぶように描いてあった。それ等の激情、痴態を描くのに、「こんな事を書いては大人気ない」と云ったような常識的な体裁などは作者の心に入って来ないらしい。作者はそんな俗情などにとらわれずに、もっと突っ放して書いているのである。

何か口論をして、捨てぜりふを残して座を立ちながら、むらむらと胸に込み上げて来るいまいましい忿怒のために玄関口まで行ったのを、又つかつかと部屋に引っ返し、子供と一緒に寝ている女の頭を、蚊帳の中に手を入れてコツンと叩き、そして再び出て来る……こんな痴態は、書く時誰でも見のがし勝になるか、或は書きにくいために回避し勝になるものであるが、秋声はそれを見のがさずに書き、その事によってその場の光景や争う男女の心理を浮彫りのように鮮かに際立たせている。……此処には人生の上のこんな些末な事のとらえ方が、小説の上でどんなに大きな役割をするかというそのコツを知らされるようなところもある。

男から男へと転々しながら、それはその白痴的多情性がさせるばかりでなく、相当生活上の打算も手伝っているのであるが、そういう娼婦型の女主人公が、老作家から逃げようとしたり、併し又その老作家位彼女を人間として扱ってくれる男がいないので、それに引かされてそのふところを忘れられずに舞い戻って来たり、と云って彼女に執着を持ちながら、彼女の一生を背負ってくれようという程までの情熱や勇気を見せて呉れない彼に、「ずるい爺《じじい》」に対する憎しみを覚えたりする心理も動きも姿もよく描けている。

この離れたり即《つ》いたりする主人公と女主人公とは、そうした間がいつまで続いて行けるものでない事を互に知っている。老いたる主人公は終に手切金を都合して彼女に与える。――併し数日後に彼女から呼び出しの電話がかかると、二人はその手切金を又逢曳の費用として会ったりする。……

　こうして男女の情痴の世界を描きながら、此処に注意すべきは、作者の眼は誰をも憎んではいないという事である。この主人公や女主人公を憎んでいないのは勿論の事、その女主人公の別れた良人も、彼女と同郷の歌人で彼女のパトロンで時々上京して彼女と会う男も、彼女の痔の手術をした事から彼女と二三回秘密の場所で会うようになって行った或名誉ある医学博士も、その他数人の彼女の相手となる男も、それに対し、その都度主人公が嫉妬、疑惑、懊悩する事を描きながら、作者の眼は彼等を少しも憎んでいないし、世間並の道徳によって彼等を批判や非難もしていない。それは意識的に冷静たらんとしたようなものでなく、作者の眼がそうした色眼鏡なしに、人々の姿をその人々の姿のままに見ているのである。せっかちに意見を持ったり、狭い価値判断で物事にきまりをつけたりする事なく、現れのままの意味を、そのままに探ろうとしているのである。自然主義以来一貫した作家秋声の眼が、こうした身辺の葛藤の中でも、相変らず同じ凝視と探究とを続けているのである。

　人間を軽蔑しない秋声の眼は、人間の行動をも軽蔑しない。それが世間道徳的に宣揚される種類のものであっても、或は人前に隠したがるようなものであっても、秋声は自分の納得の行くようにしかそれを見て行かない。そこで所謂卑小と云われる行動でも、それが必然なものである限り、作家秋声はそれを無視しないし、それを取扱う事を恥じたり躊躇したりもしない。

若し秋声に修養があるとすれば、この人生の見方を徹底させて行く事であろう。それは所謂処世修養とも違うし、人間修養とも違う。そうした処世修養とか人間修養とかいうものは彼にはそれ程価値の認められないものであろうし、又彼には到底企て及ばないものであろう。そういう意味では彼は到底修養の出来ない種類の人間であるから、何か事に当って泰然自若たる事もないし、老年らしい落着いた生活に入る事も出来ない。彼は事に当って凡人らしく驚きもし、狼狽もし、怒りもし、落胆もする。そして又誘惑にぶつかればそれに陥りもし、痴態を現出もする。併しそれ等は常識的修養から見れば卑小な事であり、痴愚に過ぎない事であっても、秋声に取っては決して軽視すべき事ではない。彼はその卑小からも痴愚からも人生を味得し、人生を納得して行くのである。彼に取っては世の中の常識から見れば性的白痴ともいうべき娼婦型の一女性との恋愛も、みずから卑しとしたり、恥じたりすべき事ではなく、「生命がけといふのも大袈裟だが、一ト向きであつた事は自慢にもならないが、そんなに慚愧すべき事だとも考えられない」のである。

五

「昭和五年、六年、七年……この三四年間は身辺多事にして、内面的苦悩を嘗めつつ精進、殆んど創作の筆を執らず」と秋声年譜に書いてあるが、それは秋声が六十歳を越えた頃の事である。「仮装人物」に書かれた事件の持上ったのは、彼が五十六歳の時であったが（但し「仮装人物」を書いたのは、六十五歳になってからであるが）、その後彼の身辺は益々多事多端になって行った。彼は「由来子供は母のものだ」というような歎声を洩らしているが、母亡き後を沢山の子供を育てて行く心遣いも大変であったに違いない。そして又子供のために自分を犠牲にするというような事は考えられず、又自分のために子供を犠牲にするというような事も考えられない彼は、自分の思う通りの生活はやって行きたいし、子供達の個性は自由にのばしたいし、それでいて生活の重さは自分一人の肩に全部背負い込んで行かなければならず、そこに持って来て、生活興味が年と共に旺盛になって行った彼は、新しい時代のいろいろな現象にも触れて行きたくなったし、そして前のあの葛藤を醸し出した女性の去った後に、それとは性格の違った女性がまた彼に現れて来たし（女性を玩弄視せず、人間として取扱う彼は、こうして女性に頼られる結果になるらしい）――尠《すくな》くとも五十代の半ばまで、つまり彼の妻の生きていた頃までとは比較にならないような複雑な相貌を、彼の生活が呈して来たという事は想像し得られる。その間に彼の三男はカリエスで死んで行ったが、その子供の死に対する悲痛な心持や、父親としての遣瀬《やるせ》ない反省やらは、後になって書いた「労苦」という短篇によく現れている。

その人の環境はその人の好みによって形造られるという言葉には、尠くとも一半の真理があると見るべきであるが、秋声の生活環境は結局秋声らしく造られて行ったと云わなければならないであろう。彼は或感想の中で芭蕉に興味を持たないという事を云っているが、芭蕉風の所謂東洋的な物の哀れにひたり込むなどという事は、彼には出来ない事である。年と共に彼は益々人間臭くなり、人間臭い環境の中を人間くさく彷徨して行き、人間臭い興味、苦悩、煩悶からいつになっても超越しようとはしない。達観するとか、上から見下すとか云った風な見方は、彼の出来る事ではない。彼は皮肉にさえ物を見ようとはしない。そのものと同じ高さで、真正直にそのものを見て行こうとする。

彼は後の作物の中で、その時分の事を「自分は失業している」というように度々述べ、みずから「才能のない老作家の末路」というように自分で自分を感じたりしているが、併しそういう言葉にも皮肉や反語は少しもなく、彼は全く若い作家達が自分の才能について煩悶し懊悩すると同じように煩悶し懊悩しているのであるし、丁度その時期がジャアナリズムの動向に変化の来た時なので、その変化から取り残された自分を感じ、仕事の上で、又生活の上で不安と焦躁とに苛立っているのである。銀行の預金が少しもなくなっている事を、妻亡き後家政を引受けていた長女が遠慮がちに云うのを聞き、彼は絶望して頭を抱えて後に引っくり返る事を、或短篇の中に書いている。

文壇はその頃左翼文学の全盛期で、丁度大正中期に所謂大正の若い作家達によってジャアナリズムが占領されたと同じように、そこにはっきりと登場作家の交替期が来ていた。明治二十年代から書きつづけて来た彼――あの稀に見る創作力で三四十年間に亙って夥しい作物を書き続けて来てはいるが、前にも述べた通り典型的に平作家であった彼は、過去の作物が何等の特権にも財産にもなっていない。その労作の積み重ねが彼に休息を与えるような事はない。恐らく他の作家達と叢書として出た円本全集その他一二のものしか、彼に纏まった印税らしい印税を持ち来さなかったに違いない。――彼は六十歳を越えて益々複雑になって来た環境の中で生活にあえぎながら、こうして失業を喞《かこ》っているのである。「一つの好み」の中で、彼はその頃の己れの姿を次のように述べている。

「庸三はちやうど生活の切岸に追ひつめられてゐたし、芸術の方面でも影が薄くなつてゐたところだから、自然精神的にも卑屈になつてゐた。立て直しの工作は容易ではなかつた。仲間では厚い友情を発見する事が出来たが、他の社会では屢々《しばしば》軽蔑の目を向けられた。彼は踊り場へ気分を紛らせに行つたが、そんな中でも決して自己を見放しはしなかつた。先づ家庭の糧を作つて、それから徐ろに最後の仕事の準備にかからうと思つてゐた矢先だつた。若い時代も屢々何かに打つかつて倒れさうになると、意力に鞭つて兎に角難場を切抜けて来たので、年取つてからのこの頃の難場は、それとは同日に論ずべきではないことはわかつてゐたけれど、頑張るより外に手がなかつた。——彼は彼自身のぼろぼろになつた自然主義から建直さなければならなかつた。この頃になつてやつと自然主義の荘厳さにふれかけて来たやうな気はするものの、もともと鈍根だから焦躁に駆られる気持の苦しさといふものはなかつた。彼は屢々絶望的な溜息を吐いた。立ちなほるのが物憂くなつて、死を思ふやうな佗しさが、ひしひし迫つて来るやうなことは不思議ではなくなつてゐた」

「仲間では厚い友情を発見する事が出来たが、他の社会では屢々軽蔑の目を向けられた」というのは、恐らく前に述べた例の愛慾事件に対する世評の冷たさを指しているのであろうと想像されるが、或はもっと狭い意味で、彼の周囲の文壇交友は温い友情を見せるが、ジャアナリズムの動向に変化を来したその頃では、イディオロギイをかざし立てた文壇の他の方面からは、冷たい眼を彼に向けたのかも知れないとも想像される。或はその両方が同時に来たのであったかも知れない。そのいずれにしても、数十年の作家生活の努力も水の泡のように、それが現在を擁護する何の楯にもなっていなければ、老大家の栄誉も、彼に何の誇りや休息をも与えていない気持がにじみ出ている。これは日本で文学をやっている作家達の大部分が晩年に味わう経験であるが、一代の大家秋声にしても、この失意を感じ、且つそれを正直に告白しているのに、われわれは胸を打たれる。

「彼自身のぼろぼろになった自然主義から建直さなければならなかった」という彼の烈しい自己反省も、われわれの心に触れて来るが、「この頃になつてやつと自然主義の荘厳さにふれかけて来た気がする」という、彼の一貫した道を懲りずに追求するその追求心は、われわれを感動させる。——まことに彼にはこの道しかない。この道をとうとう最後まで押通して「縮図」に達するのであるが、その事はまだ語るべき時ではない。

「一つの好み」の中には、又次のような一節もある。

「冬になつてから、庸三は友人の情けある口添へで、やつと或地方新聞に連載物を書くことになつた。どこを見廻しても頭を持ちあげるちよつとした隙間とてもなかつた折なので、曽つては投げやりにしがちであつたこんな仕事も、今の彼に取つては相当重大な仕事であつた。

庸三はあの頃に、何故もつと文学研究に没頭して好い仕事をしておかなかつただらうと、比較的恩寵に甘えてゐた時代の事を勿体なく思つた。

『ここからまた立て直すんだ』と、さう思ひはしたものの、容易に明りは心に差して来なかつた。

何んな名優でも舞台がなければ芝居は打てない。決して彼がそんな名優でないことは自身に解り切つてゐた。それにしても、今ならば——もつと先きへ寄れば少しは前よりも芸術品らしいものが書けさうだ。どうせ一生かかつて書く小説の手習ひなのだがと、微かな曙光も差してゐないこともなかつた。こんな場合芸術を考へると、胸が張り裂けさうな苦しさであつた」

「友人の情けある口添えで」「どこを見廻しても頭を持ちあげるちよつとした隙間とてもなかつた折なので」という表現は何という正直で、謙遜で、赤裸々な表現であろう。日本文壇の最高峰に立っている六十歳の徳田秋声が、こうして友人の口添えによって、地方新聞にやっと物を書く余地を与えられたという事も、日本の文学者の淋しい姿を思わせるが、それによって、「ここからまた立て直すんだ」と文学青年のように興奮する作家秋声の底抜けの純一さは人を涙ぐませる。恐らくこの正直さと純一さとが長い文学生活の時々に彼を襲って来た不遇、不如意、そして懶惰《らいだ》からその都度彼を立ち上らせて来たのであろう。「こんな場合芸術を考えると、胸が張り裂けそうな苦しさであつた」と彼は書いているが、文学に対するこの謙遜さが、度々の挫折にもめげずに生涯彼を書き続けさせたのであろう。

併しこうした失意の時代から秋声に立ち上る時がやがて来た。昭和八年に「町の踊り場」「死に親しむ」を発表するに及び、彼の筆は再び脂が乗って来て、同九年に「金庫小話」「一つの好み」「一茎の花」、同十年には「彼女達の身のうへ」「部屋、解消」「チビの魂」「勲章」等、彼の晩年の代表作を矢継ぎ早に発表し、一方長篇「仮装人物」を雑誌に連載し始めた。

これ等の作物の中には平凡なものもあるが、中には確かに秋声の芸術が一歩前進した事を示すようなものもあり、「風呂桶」「花が咲く」等に見せた萌芽が半ば頃霜にあたって消えかけたのに、此処に来て再び生き生きとその花を開き始めたように思われるものもあった。併し最初の中、秋声のこの再起は必ずしも好評をもって迎えられたわけではなかった。「一茎の花」が秋声の過去の作物に比して客観化が足りないと批評した正宗白鳥の批評に対して、秋声は憤然として答えたが、そうして人の批評に答えたのも、秋声としてはめずらしいし、その又文章が彼の文章として烈しい感情を叩きつけたようなものであったのもめずらしかった。六十四歳の老作家が自分の創作に対して如何に真剣であるかという事を示しているので、此処にその「正宗氏へお願ひ」という文章から抜萃《ばっすい》して見ようと思う。

「私は氏（白鳥を指す）を聡明人だと云つたがこれは少し語弊があるかも知れない。一応氏の如き人を聡明といふべきかも知れないが、何分にも頭脳の鋭い人は兎角一方的になりがちのもので、人生観の確立或は固定した人は、或場合には非常に尤もだと思はれる抽象的な理窟を説くものだが、少くともその普遍性について考へる日になると、世俗の所謂頭の好いといふ事と聡明といふ事とは、格段の相違があるやうである。正宗氏は悧巧な人かも知れないが、聡明といふには大分距離があるやうである。

ところでもつとも主観的な文学者であるところの正宗氏が、私の小篇『一茎の花』の批評に於いて、誰かの訳出にかかるゾラ派の或仏蘭西人の言葉をひいて、『一茎の花』ばかりでなく、私の最近の作が総て私小説なるが故に客観性がないから、過去の『足迹』などに比べて劣つてゐるといふのである。過去と現在の作品に優劣をつけるなんかも少しをかしいやうなことだが、私は自身の私小説において、『足迹』時代以上の客観性を附与してゐればとて、決してさう客観性に乏しいものだとも思つてゐないし、文学上の客観性といふことは、何も科学の場合におけるやうに、天文学や物理学風に社会現象や人間の心理を取扱ふものでもないだらうから、客観性といつたところで、せいぜい自分を突放《つつぱな》して描写する程度でしかありえないんではないかと思ふ。科学にしたところで、純粋客観であるか否かは頗る疑はしい。人間の思考することで純粋客観といふべきものは、殆んど有りえないんではないかと思ふが、さういふ言ひ方の妥当性を欠くことは無論で、科学的立場から人間生活を観察し描写したところのゾラ派の小説を理想的な客観小説だとすることに大体異存はない筈だとしても、それと同時に所謂私小説にも亦、作者の質の如何によつて多分に客観性を具備したものもあり得るわけである。客観とか主観とかいふ事は創作上の態度によることだけれど、作者の質にもよる場合が頗る多い。主観的な作家は幾ら他人の事を書いてもそれは矢張主観小説であり、客観性の多い作家は自身の画像をかく場合にも自己を客観的に取扱つてしまふ。ただ自己肯定と否定の問題とは自ら区別しなければならない。正宗氏はひよつとすると肯定の文学が総て嫌ひで、否定の文学だけを好い文学だと思つてゐるんではないかと思はれる点もない事はない。私は『一茎の花』を客観小説だと主張する程片意地ではないが、それは或意味では――相対的な意味に於いては、私も亦積極的に生きなければならない人間の一人なので、現実の問題として自己を肯定してゐないとは限らない。しかしその肯定には私の実際生活上の反省と批判が相伴なつてゐるつもりで、その反省と批判の仕方が甘いといはれれば或は甘いかも知れないけれど、併し正宗氏の何うかするとひどく非人間的な主観に比べれば、少くとも人間性をもつてゐる事だけは認めてもらへると思ふ。人間性のありすぎることも実は私自身にも少し持て余しもので、少からずそれに苦しまされてゐる。私は正宗氏のやうな弱点や破綻のない生活が羨ましくない事はない。しかし正宗氏にも亦人一倍内的な悩みのあるであらうことは、誰にも想像されることで、氏の性格は私以上にも人間に興味があり、浮世に執著があり、名誉慾と物慾も亦決して浅い方ではない」

秋声が答えた正宗白鳥の批評がどういう批評であったか、私は読み洩らしたのが残念であるし、こういう場合一方的に秋声の言葉ばかり引くのは、白鳥に取って迷惑であろうとは思うが、併し最も徹底した客観作家と云われている秋声が、創作上の主観、客観という事についてその意見を端的に述べている点で、この文章は甚だ重要なものであると思う。一見常識的ないい方のように見えて、その実、概念や観念にとらわれず、自由に、しかも公平に物の急所を衝いている彼の考え方は注目に値する。彼は白鳥に更に逆襲しているが、その主観性、客観性を白鳥の作物によって説き、白鳥こそ主観的作家であると云っているのは、確かに一面の正宗白鳥観であると云って好いであろうと思う。——もう少し抜萃して見る。

「独り不思議なことには、さういふ正宗氏の作品が、少しも客観的でないばかりか、正宗氏自身の苦しい厭世哲学が、どの作品のどの人間にも代弁されてゐるばかりで、生きた人間が一人も出てこないことである。『藪睨み』といふ題は、小説もさうだが、題だけ見ても正宗氏のスタンプが捺されたもので、最近の『陳腐な浮世』といふに至っては、その極端なものである。その他の作品に於いても大同小異で、客観どころか、どれも是も主観小説中の主観小説であり、私小説の変形である。私の場合に客観小説を称揚（？）したからといつて、氏自身の小説がそのお手本を示さなければならないといふ理窟もないし、どんな主観小説を書くことも氏の自由だけれど、私の私小説に客観性がないといふやうな、独断的な批評を平気で下せるやうな氏としては、少しとんちんかんではないであらうか」

更にわれわれが客観的と云ってもそれは絶対的なものでなく、せいぜい人間並の相対的なものであるという事を説いている次の言葉も、秋声の人間生活についての考え方をはっきりさせているので、興味深いと思う。

「地球がいくら生物の棲息所として不安なところであつても、人間は生れた以上はやはり其処に家を建てて住はなければならない。そして生活を営まなければならない。そこに人間の生きる希望があり、悦楽がある。地震があつても、戦争があつても、最善の道を撰んで生きるのも亦楽しい。地球が始終ぐらつくからと言つて、天上に逃げる訳にはいかない。ぐらつく地盤の上になるべく堅固に礎石を置いて、そこに住居を建てなければならない。戦争は出来るだけ避けなければならないが、止むを得なければ出来るだけ防備をしなければならない。人間の生活はすべて相対的である。芸術も元来相対性のものである。絶対へ行かうとすれば行詰るに決まつてゐる。科学にしたところで、建築の基礎と同じやうな仮定のうへに築きあげられるのが普通のやうである。客観小説といつたところで、何んな意味にも自身の生活経験が基礎とならない場合は少い。ゲエテは、自身の身のまはりの能く解つてゐることから書いて行くのが芸術の修業だといふやうな事を言つてゐたと思ふが、ゲエテは私は好かないけれど、その言葉は先生がわかい学生に教へるものらしい親切がある。——私などは自分の身辺の日常茶飯事さへも、完全に解つてゐるかどうか疑はしい。況《ま》して書くこととなれば尚更である。ただ最もよく解つてゐると思はれる事から書くより外はない。(後略)」

以上の抜萃以外に、白鳥に対するもっと烈しい云い方があったが、それは割愛した。併し最後の数行はいろいろな意味で秋声の当時の心持を考えさせるものがあるので、特に引く事にする。

「曽《か》つての畏友正宗氏に対して、余りに礼を失した事になるかも知れない。ただ私は書かないと食つていけないので、老境の仕事で氏には目だるいところも多々あるだらうが、商売の邪魔をすることは控へていただきたいと、お願ひしたいのである」

この最後の言葉はしゃれでも皮肉でもない。数年間の失業失意からやっと再起して来た秋声の、その苦しみを知らない批評に対する憤りの勃発だったのである。

六

私は「死に親しむ」を読んだ時の感銘を忘れない。昭和八年の九月末、私はその頃執筆所にしていた本郷の菊富士ホテルの一室で、丁度手もとにとどいた『改造』十月号に載っていたその小説を読んだのであるが、私自身もその頃暫く秋声を思い出さずにいたので、この長距離作家が、やはりその間彼自身のペエスで駈けつづけ、しかも又いつか数ある作家達の先頭を切って走っていたその姿に吃驚したのである。

時代が変る度にその転換期の渦巻の中に秋声の姿が没したかの如く見えるのに、その波が鎮まって見ると、彼がいつしか新しい作家達を追い抜けて、とぼとぼと彼のペエスで走っているのに気がつく。こういう驚異は今までも度々経験したが、この昭和八年にも再び経験したのである。

私はその舌にとろりと感銘を残すような後味を味わいながら、何気なく夕方本郷の通に散歩に出て行くと、偶然秋声が長男の一穂とつれ立って来るのに出会った。秋声の書いたものを見ると、彼が彼と同じ道に来たこの長男を如何に愛しているかが解るが、われわれはこの父子ほど始終一緒につれ立って歩いている親子を見た事がない。

「丁度『死に親しむ』を拝見したところです」と私は云った。

秋声はちょいと立止り、小柄の左の肩を少し上げるようにして、

「どうですか。少し急ぎ過ぎてやしませんか」と訊き返した。

「いや、そんな事は感じませんでしたが」

すると、秋声と同じくそれが気になっている感じで、一穂が横から、「おやじさん一気に書いたので」と説明した。

このすぐれた小説は、併しその月の文芸時評でそう評判がよくなかった。中には「もうこの老いた作家の書く世界に興味がない」と放言している批評家もあった（その月の時評を書いた中で、この作を賞めていたのは林芙美子唯一人であった）。

そこで私はその翌月の『文芸春秋』に、その「死に親しむ」の読後感を書く気になった。今でもその気持は違っていないから、左に少しその時の文章を引いて見る。

「徳田秋声の『死に親しむ』を読んで、自分は『好いなあ』と思った。読んだ時よりも読ん

で一日経ち、二日経ちすると、その後味がますます好くなった。

自分は徳田氏にこんな味が出始めたのは、十年前の『花が咲く』『風呂桶』あたりからだと思う。自然主義時代に氏の書いた諸傑作とは違うスウィイトな仄明るさが、その頃から氏の短篇に不思議な魅力を見せ始めて来た。自然主義的客観重圧主義に圧されて窒息していた主観が復活して来た感じであった。主観の窓ひらくと云った感じであった。無論唯単に『甘い』という意味のスウィイトネスではない。舌の先にいつまでも後味の残る、非常に好い料理を食べた後の美味――後味をいつまでも舌なめずりしながら味わっていられる、そうしたスウィイトネスである。――何とも云われない渋い『おいしさ』である。

そのユニイクな『おいしさ』が、今度の『死に親しむ』には一層加わって来ている。秋声氏もとうとうこんな芸の境地まで来たかと今更に感心させられる程、それは高いところまで来てしまっている。

題材は氏の作物によくある身辺雑記風のものである（此処に梗概を長々と述べているがそれは略す）。

さて『死に親しむ』は以上のような事を書いた小説である。そして以上のような取留めない事を書きながら、最初に述べたような高度の芸術味に溢れているのである。そこには若い作家の持っているような興奮した筆致は一つもない。何十年の修練によって秋声氏の築き上げて来たユニイクな説明描写（形式は説明で効果から見ると具体の描写になっている）で、簡潔に淡々と描いて行きながら、いくつかの人物も事件もあるがままに浮彫りされている。主人公の老作家と同棲している若い女――それなどを描く時は至らない心境作家だと、何処かに弁解めいた主観が入ったり、或いは暴露主義的な興奮が入ったりするものだが、そういうものは少しもなく、描かなければならないだけのものは当り前の調子でちゃんと描いている。主人公自身もその生活に何の弁解も持っていない。総てはあるがままであり、普通に生きているままの姿である。それでいてその淡々とした作全体の上ににじんでいる芸術味は気品に充ち、豊かさに充ち、人の心の奥深くひたひたと触れ込んで行くのである。

父と子との間の何のかくし立てもないこの自由さは何という朗かさだろう。世間の親子のように、親子であるがための隠し立てなどは持っていない。この作物に現れたこの男女間のいきさつについても、作者は何の世間並の道徳にもとらわれていない。それには無道徳（それは不道徳とは全然違う）の美がある。無道徳であるから不純な道徳的弁解などは一つも入る余地がないのである。

自分は此処に現れた芸術境を、自分の知っている古今東西のいろいろな作家の芸術境に比較して見た。これが誰かに似ているかと。――併し類似は一つもうかんで来なかった。これはわが徳田秋声唯一人のものであり、いまだこうした味の小説を書いたものは誰もない。

(中略)

これ等の凡人生活（そうだ、この老作家の境地は所謂非凡型ではない。凡人の生活をあるがままに見て行ったところから開ける、非凡なる凡人型とは云えるだろう。凡人生活を此処まで私心なく見て行けるという点で非凡という形容詞を許せば）をトルストイに書かせたならばどんなものであろう。トルストイならば此処に現れた老医師をそのままは許して置けずに『イワン・イリイッチ』にしてしまって、死ぬまで道徳でいじめつけるであろう。又ストリンドベルグならば此処に現れた男女の葛藤の上に『地獄』の毒気を吹っかけるであろう。……だがそんな思想の桎梏は、あらゆる意味でわが徳田秋声にはない。欧洲の近代作家があらゆる道で、あらゆる天才的苦悶をし、あらゆる探求をした末に、やっと這入って行けるか行けないか解らないような道――真理の道に、わが秋声氏はもっと静かに這入ってしまっている。欧洲の近代作家が、駱駝の身体で針のメドを通れないで苦しんだのを、徳田秋声はスルリと通ってしまっている。……このあるがままの、凡人なら凡人のままの、何ものにも捉われない、いや、何ものにも捉われないぞという意気組みさえ示さないほど、捉われない世界――無道徳の美しい世界に徳田秋声は這入ってしまっている。……『そんな世界に僕は這入っているのかね。……どうか知らん』と、秋声氏は首を傾げるかも知れない。併し自分は文学者の辿りつくところは、大概厭世家に決まっていると思い込んでいた自分の概念がぶちこわされる程、この老大家徳田秋声のこうした作物から『明るさ』と『朗かさ』とを発見する。……文学者の晩年が厭世家になるものといつの間にか決めてしまっている自分は、この社会万端を文学者が『道徳』によって見るべきものだと思い込んでいるからだ。これは近代文学のどのペエジを見ても解る。

すべての作家は『道徳』によって人事万端を見ては悲劇と暗黒とを発見し、悲鳴を挙げているのだ。自分なども その影響に慣れ過ぎている。……併しこの短篇『死に親しむ』の作者を見ると、凡そそんなものに捉われていない。この作物はこの作物一つとしては或は読者に見落されるかも知れない。併しこの作物を静かに読み静かに味わっていると、その背後の作者の辿りついている心境が、だんだん拡がりをもって現れて来る。そして考えれば考えるほど、その心境はたやすく到達できそうで、なかなか到達できないものである事が解って来る」

人は私のこの文章を見て、感激し過ぎていると思うかも知れないが、決してそうではない。

私がこの文章を書いてから十年を経過している今、私は秋声の作物の大部分を読返しその晩年の諸作を再び精読するに及んで、私の十年前の感想の正しかった事を益々感じつつあるのである。

この「死に親しむ」ばかりでなく、「金庫小話」「二つの現象」等に現れた父子の間の感情を見ても、理解を見ても、又子供の恋愛というようなものに対する父親の考え方を見ても、いわゆる世間並の父親の息子に対する心配、不安というようなもので子供を考えてはいない。そうではなくて、人生の試練に対して息子が息子として、どう切り抜けて行くか、それから息子が何を学んで行くかという事を、温く静かに見戌っている。これは親子の問題であるが、その他の問題に対してもその通りで、男女間の愛慾についても、世間並の卑俗な解釈などで片付けるような事は凡そない。あらゆる既成の観念や概念をはなれて、じかに事象を見ている。私は前に「無道徳」と云ったが、それは「善悪の彼岸」と云った方が一層適切なような心の世界である。併し彼岸と云っても、それは決して現実を超越する事を意味するものではない。そうではなくて、何処までも現実に即して行き、人間に即して行く事から生れて来た心境である。それはあるがままの人生肯定であり、あるがままの人生愛著である。

私は今度秋声の作物を読返して見て、秋声の人生解釈に、凡そデカダン味のないことに寧ろ吃驚《びっくり》した程であった。この老作家の愛慾問題を外形的に見たり、老年にして踊り場などに出かけて行く彼の日常を遠くから見ていた人には、この言葉は信じられないかも知れないが、併し彼の人生探求、人生執著の一途さには、凡そ廃頽味はないのである。彼は人が常識によって卑しとしたり、低いとしたり、顔をそむけたりするものを少しも軽蔑する事なく、彼自身の納得の行くまで彼自身の眼で見て行く。彼は物をきめてかかったり、タカをくくったりする常識と普通道徳とに常にその作品で抗議している。彼は「高い道徳」という言葉を時々その感想の中に洩らしているが、それを説明していないからそのはっきりした意味は摑めないが、併しこのあるがままに人生を見、その意味を探して行く一途な人生肯定の中に、彼が高い道徳として予想していたものが想像出来ない事はない。

どうしてこの老作家があらゆる既成の概念や範疇から此処まで脱け出る事が出来たか、そして何ものにもまやかされず、彼の眼で真実を探究する事が出来たかという事は、考えれば考えるほど、深い興味と驚異とを与える。ひと頃偶像破壊という言葉がはやった時代があったが、秋声はその偶像破壊者達が見せたような興奮や絶叫を以て偶像に挑戦して行ったのではないが、それでいて静かに、美事に、寧ろその偶像破壊者よりもあらゆる偶像から脱却しているのである。しかも観念的に物を見る事をしない彼は、偶像破壊者が旧い偶像を破壊して新しい偶像を作り出すようなそうした結果に陥ることからも完全に自由になり得ているのである。何事も強調する事のない秋声の表現の中に、人は秋声のこの何ものにも捉われていない物の見方を見落すかも知れないが、併し少し仔細に彼の作物を味わって見た人は私の言葉にうなずくであろう。この位固定した観念にとらわれない作家は、明治以来今日まで他に比較がないと云っても好いであろうと思う。

それはひたすらに事象に即して物を見、その意味をそのものの中に探究しようとする彼の心構えから来ている。その道は静かで、地味で、些《いささ》かの飛躍をゆるさず、思い上ったり、結論を急いだり、観察の鋭敏にみずから阿《おも》ねったりせず、長い忍耐を以て一歩々々踏みしめる事によって、おのずからに開け、おのずからに此処まで導いて来たような道であった。それは自然主義時代から、いや、そのずっと前の彼の文学出立のそもそもの最初から彼の唯一の信条である、自分の納得出来ないものは納得しないという、あの嘘や虚飾を極力排除する一途な正直さに頼って切拓いて来た道であった。彼は既成の観念にとらわれないのみか、自分の考えの上に固定の薄皮の出来かかるのを突き破り突き破りして歩いて来たのである。その思考の上に出来かかる薄皮を突き破るのは何によるかというと、それは現実の事象に対して、絶えず新しい凝視をつづけて行くことが出来る事によるのである。彼は若い世代を軽蔑しない。それだから新しい事象に対して老齢の彼から思いも寄らない理解を示されて、若い人達が驚愕の眼を瞠ることがある。こういう事は永遠に老衰を知らない若い魂の持主によって始めてなし遂げられる事であるが、肉体が年齢と病弱とによって漸次老衰に近づいて行っても、徳田秋声の魂は最後まで若かったと云える。

七

秋声の晩年の或作には、それを一つだけ独立して読むと、或は唯の身辺雑記に過ぎないと人が思うようなものもない事はない。秋声を憤慨させた白鳥の批評は、私は読む機会を持たなかったから、どういうものか解らないが、併し彼の作物の或物が、白鳥に不満を抱かせたであろうということも想像出来なくはない。併しそれ等の作物を纏めて読むと、一つ一つとしては重きを置けないようなものでも、それが弧となって一つの円周を形造り、秋声の晩年の心境、芸術境、及び人生観を全的に表現しているのである。

つまり秋声を知るには、それ等が重要な鍵となっているのである。

「私は自身の私小説に於いて『足迹』時代以上の客観性を附与していればとて、決してそう客観性に乏しいとは思わない」と秋声が云ったのは、これ等の作物についてであるが、実際にこれ等の作物になると、もう何もその主観性、客観性を問題にする必要はない。己れを書きながら他人のように突っ放しているし、他人を書きながらその心の中に滲み込むように入って行っているからである。

ただ、小説を単なる娯楽物としたり、興味的なものとしたりするような見方を極力排斥している彼は、人に面白く読ませようなどという事を凡そ考えていない。恐らく通俗に堕する事を嫌う事、この位極端な作家はあるまいと思う。その益々淡々として行く書き方には、いわゆるサワリも聞かせ処もないし、何処と云って抑揚をつけたところもない。彼の描くところから感じてくれるものだけに感じて貰い、感じてくれないものには、何も説明する必要はないと云ったように見える。

実際「一つの好み」「死に親しむ」「金庫小話」「部屋、解消」「二つの現象」等は、その表面の淡々とした風貌に似ず、嚙みしめれば嚙みしめるほど、その味の益々深くなって行く、彼の晩年の佳作の群と云って好い。

併しこうした身辺小説ばかりでなく、所謂純客観小説に於いても、この時期に彼は精進もしているし、一歩前進もしている。「勲章」「のらもの」等はその好個の例である。「のらもの」

が発表された当時、私はこんな風に云った事があった。

「この小説のどの部分を取って見ても、所謂文範にはならない。部分は丁度絵の切れはしのように、それ自身はカンヴァスの破片とそれに附着している絵具に過ぎない。つまり部分は全体を構成するに役立ち、その事に始めて生きるだけで、それ自身何の独立した意味を持っていない。それでいて全体としてはヌキサシならぬもので、どの部分も切り放しようがない。これはそれ程にひきしまった作品である」

この作者は常々「作品の密度」という事を気にかけていたが、この「のらもの」などを読むと、その密度の意味がどういうものであるかが解って来る。そのようにこの作はこっくりと円味を帯びた、そしてぬきさしならない完成した短篇であった。

併しそれ等も最後の長篇「縮図」に較べると、尚まだそこに至る道程の一里標に過ぎなかったという事が解って来る。「縮図」は秋声最後の作で、彼が七十一歳の時の努力であるが、まことに秋声文学の辿りつくところを示した素晴らしい傑作であると云って好いであろう。この作は当局の無理解で書きつづける事が出来なくなり、終に完成しなかったという事は残念であるが、併し構成を主とした作品ではなく、その部分々々を絵巻のように生かして行った作品なので、それだけに中断されたままでも十分味わう事は出来る。

その題材から云えば、今までの秋声が取扱った世界とそう遠いわけではなく、一口に云うと、花柳の巷を彷得する若い女達の生活を取扱った愛慾の絵巻に過ぎない。併し強烈な色彩やナマの色彩は一切使わず、淡彩でほのぼのと描いて行ったその効果は、ちょいと類がない、高雅な美しさである。

一体が簡潔な秋声の文章も此処に至って極度に簡潔になり、短い言葉の間に複雑な味を凝縮させながら、表現の裏側から作者の心の含蓄をにじませている技巧の完成は、彼が五十年の修練の末に辿りついたものである事を思わせる。

併しそのほのぼのと微光につつまれたような作の美しさは、そうした技巧や表現だけで来るものではない。この絵巻に現れた男女の生活や愛慾の悲喜こもごもの姿の上に行き亙っている作者の心の温さが、この作の味を生んでいるのである。それは一種の慈悲心と云える。作者はどの人物をもとがめてはいない。実際女を捨てる男、男を捨てる女さえとがめてはいない。超然として上から見下ろすような立場からではなく、彼達、彼女達に即して蹤《つ》いて行きながら、この世に生きる人間のいろいろな姿にうなずいているのである。それは思想の範疇や固定の道徳や、あらゆる観念、概念を捨てて、人間生活の諸相を長い間じかに見て来た事の帰結である。それは一切衆生の肯定であり、人間生活をそのままに救いに高めんとする慈悲である。

この人生の「縮図」の上に瀰漫《びまん》している慈悲心の微光が、この作物をほのぼのとした美しさに包んでいるのである。

それは嘗ての彼の自然主義時代の持った傍観的客観主義ではない。傍観ではなく、人間の生活に首を突っ込み、主観を十分に働かせながら客観しているのである。客観しながらその裏側に主観をにじませ、その主客合体によって此処まで認識を深めて来たのである。併しこの道の最初の出発がやはり自然主義にあった事は云うまでもない。その自然主義を押進めて彼は此処まで辿りついて来たのである。が、その登って来た階段の長さと高さとは振返って見て、改めて驚きを感ずるような長さと高さとである。

十年前の六十歳を越えて間もない頃の徳田秋声が失意煩悶から「自分のぼろぼろの自然主義を建直す」と云って、立上ろうとあせった姿は前に述べた。その時彼は一方「この頃になってやっと自然主義の荘厳さに触れかけて来た気がする」と云っているが、この「縮図」を読むと、彼が云ったその自然主義の荘厳という言葉が迫って来る。

否定の文学と云われた自然主義を、秋声は半世紀近くの間引きずり引きずり、その不断の努力によって、とうとうこの大きな肯定の文学にまで引上げて来たのである。

藤村覚え書

島崎藤村の事を考えると、私の頭に先ず浮んで来るのは、『夜明け前』の出版祝賀会の席上で、氏が諸家の祝賀の言葉に対して答えた挨拶及びその挨拶を述べた態度である。

人々のテエブルスピイチが終ると、藤村は感慨に耽《ふけ》り込んだような、そのために少しぼんやりしたような顔付で静かに立上り、暫くうつむき加減に黙って佇《たたず》んでいたが、やがて顔をもたげ、太い眉をきりりと上げて、そしてゆっくりした口調でこういったのである。

「わたしは皆さんがもっとほんとうの事をいって下さると思っていましたが、どなたもほんとうの事はいって下さらない……」

そのまま又眼を伏せて暫く黙ってしまった。人々は粛然と静まり返った。

実際諸家の言葉は月並でない事はなかったが、由来こういう出版記念会などにいわれる言葉は、普通作者に対する祝賀の言葉かねぎらいの言葉かであるのが例なので、そういうものとして無神経に聴き流してしまえば、別段とがめ立てしなければならないものでもなかったように思われる。併しそれをほんとうに聴き、その中から自分の努力に対する忌憚なき批評をほんとうに探ろうという気になれば、諸家の言葉が余りに形式的であり、月並なお世辞であったという事が、藤村の心を寂しくしたとしても、これまた無理ではないかも知れないという気がする。

それは藤村流の静かないい方ではあったが、どこかにぴしりと人を打つような辛いものを含んでいた。月並なお世辞に対する苦笑に充ちた抗議を持っていた。それだから突然叱られたといった感じが黙り込んだ人々の顔に現れたわけである。

実際叱られてみれば、もっともの話である。叱られなかったら叱られなくても好いようなことだけれども、叱られてみるとその理由がない事はないので、急に人々は襟を掻き合わせて坐り直さなければならなくなったといった感じであった。

藤村は暫く黙った後で、再び顔をもたげ、太い眉を再びきりりと上げ、沈んだ調子で言葉を継いだ。

「大体わたしという人間は、人に窮屈な感じを与えるのですか、近づき難いような感じを与えるのですか、誰もわたしに近づいてほんとうの事を云ってはくれません……実は決してそうではなく、わたしは人に近づきたいのですけれど……」

そこで又藤村は伏目になり、また黙ってしまった。次に顔をもたげた時には、氏の口からは次のような意味の事が、ぽつりぽつり語られた。

「兎に角、今日までわたしはやっとの事で辿って来ました。

疲れると休み休み、昼でも眠り、そうして起上っては又とぼとぼ歩きながら、やっとの事でここまで辿って来ました。自分でもよくここまでやって来られたと思います。……さっき徳田君は『暫く休息したら、又次の仕事にかかって貰いたい』といってくれましたけれども……いえいえ、どうしてどうして、わたしは決してそんな鋼鉄のような人間ではありません。(氏はそういった時微苦笑を浮べた。)わたしはもうへとへとに疲れ切っています。わたしはゆっくり休みたいと思います」

氏はそこで語調を変えて、人々の方を見まわし、こう結語としていった。

「今夜のように盛大にわたしのために皆さんに集まって頂こうとは、わたしには全く思いがけない事でした。わたしはわたしのために皆さんに集まって頂いた事がわたしの生涯にもう一度ありました。それはわたしが洋行した時の事です。わたしは前の新橋の停車場から発って行きましたが、田山君や柳田君が途中まで送ってくれるといって、一緒に汽車に乗り込んで来ました。その時柳田君がわたしに向ってこんな事をいったのです。『人間がこうして自分のために沢山の人に集まって貰うのは、まあ洋行する時ぐらいのものだね。それともう一つある。それはその人間の葬式の時さ』と。……わたしは今夜皆さんがこうして集まって下さった事を、わたしに対する文壇の告別式だと思っています」

右の藤村の挨拶は、その時も今も私の頭に相当強い印象を残している。私はたゆまずに一歩一歩と、意思的に自分を鞭うちつつ、とうとう書きたいものをみんな書いてしまったという強い自信を持った人でなければ、そういう言葉は云われないと思った。書きたいものをみんな書いてしまったと、静かに云い切れる作家を目の前に見たという事は、私には全く一個の驚異であった。私はその事に深い感動を受け、暫くはその感動のために、自分が圧迫されるのを感じた程である。

併し藤村の態度に感動し始めたら、それはどこまで行ってもキリがあるものではないという事を私は感じ始めた。それは振りかざされた錦の旗印のような、倫理的に抵抗すべからざるものをもって追いつめて来るから、それだからやり切れないのである。理詰め過ぎる倫理的態度だからやりきれないのである。「夜明け前」の時の挨拶にしても、理詰めといえば実に理詰めである。あの時即興的に頭に来たものなのか、どこまでが計画的に前以て用意されたものなのか、「どなたもほんとうの事はいって下さらない……」にしてからが、即興的な言葉か前以て用意された言葉か、疑えば疑えない事はない。

どこまでが先天的でどこまでが後天的か、どこまでが生れつきでどこまでが意識的修練か、いずれにしても一つの動かし難い態度が出来上ったものである。

私はこの十日間程毎日藤村の作物に没頭してみた。藤村について感想を書けという注文を受けた機会に、出来るなら藤村を研究してみたいと思い立ったからである。併しその代表作の一つ一つが尨大な長編である藤村の全作を、僅かな時日で到底読破出来るものではない。私は殆んど朝から晩まで読み続けたのに、やっと「新生」「桜の実の熟する時」「家」「千曲川のスケッチ」を一読したに過ぎない。これだけでは藤村覚え書きを書くのは実に覚束ないのである。

併し新たに読返してみた右の四篇だけでも、私にいろいろな事を考えさせてくれた。そして最も強く私の心に来たのは、この作者の寧ろふてぶてしいとさえ云いたい位の強靱さである。明治・大正・昭和を通じて、この作者位強靱な作者は他にはそう類例はないかも知れない。藤村の事を思わせぶりといって、その甘さを頭からやっつけた例の岩野泡鳴の如きは、藤村から較べると、表面の強靱さの裏側にはずっともろいものを持っていた。――頑健のようで突然チブスで若死にしたようなところにも、泡鳴の細胞の脆さと粗《あら》さがあったように思われる。

私は今度「家」を通読して、恐らくこれは藤村の最大傑作なのであろうと思った。単に藤村の傑作であるばかりでなく、日本自然主義時代の代表的傑作の一つに違いない。もっともこんな事は既に定評のある事で、私が今更らしく云うまでもない事であるが、あの一族の歴史――封建的な所謂「旧家」から派生した数家族の没落して行く歴史を、あの冷静さで、生き生きとリアリスティックに描いて行った技術は、全く尊敬に値すると思った。この中の何人かの人物は、殆んどわれわれが現実で出会いでもしたかのような強い印象で頭に残る。

この作について研究したら、それだけで相当の枚数の論文が出来るかも知れない。この一族の没落の背景をなす明治後半期の社会の変化も、それを特に描き立てているわけでもないのによく現れているし、所謂「旧家」の因襲的旦那様的の誇りがどの人物からも脱けないところが、彼等の没落を早める原因であることもよく描かれているし、この一族の遺伝的ともいうべき愛慾の誘惑に対する脆さが、尚一層その没落の経路を急がせる結果を招いていることも、いろいろな人物の上に現れる種々相によってよく描かれているし……そしてそれが描き過ぎるよりは、寧ろ描き過ぎないで置こうとするような、ひかえ目な表現によって、一層効果ある成功を収めている。刻々のゆるがせにしない緻密な努力と忍耐とを積み重ねて行って出来上ったこのガッチリとしたリアリズムは、日本文学にはめずらしい重量感を与える。

そしてこの作はそうした一族の歴史を描いたという点に止まらず、明かに藤村自身である主人公を知る上に於いて、つまり島崎藤村という人物を知る上に於いても、亦大変重要な作物であるという事が出来る。同じ一族から出た主人公三吉が、一族が持つ欠点からどうして用心深く己れを守って行き、どうして彼自身の道を地味に、執念深く、強靱に切り拓いて行ったか、同じ愛慾に対する脆さという欠点を、どういうようにして処理して行くか、その意思と抑制の裏側に、どんなにむんむんと暗い慾情が沸《たぎ》っているか、……「桜の実の熟する時」「春」に始まった新鮮な人生肯定の探究精神が、とうとう「新生」の陥穽に陥るに至るその中間経路に於ける主人公の中年的心理、生理、環境等を理解する上に、この作は最も役立っている。

この作物の中に描かれた幾つかの夫婦生活というものを取上げて見ても、それは又一つの問題を提供していると云っても好いかも知れない。

そしてこれ等の底にひそんでいる、作者の冷厳というよりも冷酷と云いたい位の追及の眼付――何か没落して行く人物達を片っ端から作者が食べ、それを栄養として作者ばかりガッシリと肥えて行くような気がする。端然として姿勢を崩さずに坐っている藤村の口に、よく見ると兄や妻や姪の食いかけられた片手や片足がぶら下っているような無気味さを覚える。

併しこの作から味わわれる人間生活の種々相及び種々の問題については、いつかもっと細かに、もっと詳しく触れてみる事があるであろうと思う。

「新生」はいろいろな問題を惹起した作であるが、今読返して見ても、やはり問題の作であると思う。私は今度「家」を読むよりも「新生」の方を先に読んだが、前篇の退屈さには相当辟易した。退屈し辟易すると、藤村の響きを追った、調子のついた文章が妙に目障りになって来る。——家がある。玄関がある。何々がある。これが岸本の生れた家だ。——というような表現がやり切れなくなって来る。一頁半も読んで行くと、又同じような表現にぶつかる。——家がある。玄関がある。日が何々に当っている。これが岸本が東京に来て厄介になった恩人の家だ。——といったように。実際こういう表現がむやみに目につき始めると、藤村には調子を殺した散文は結局書けないのではないかという疑問さえ起って来る。「春」の出た頃は私達はまだ学生であったが、藤村のそういう表現が当時の青年達を魅了したのを覚えている。併し藤村のそうした調子は、寧ろ藤村の表現技巧の豊富さを示すものではなく、その貧弱さを示すものというべきであろう。もっとも「家」にはこうした調子は比較的少いし、たまにあってもそれが余り気にならないのは、この作の充実感が、表現を遊離して感じさせないためなのであろうと思う。

併し「新生」も後篇になると、そうした退屈を感じなくなって来る。それは取扱われた事件の急迫感にもよる。だが、この作の結末近くに作者が躍起となって謳わんとしている生活の醇化や、新しき生の意義の高調やは一体あれは何であろう。――死んだ芥川龍之介が、「新生は果してありしや」と云ったというのは、無理ない疑問に思われる。

藤村は若い頃キリスト教の洗礼を受け、後にそれに訣別しているが、そして煩悶苦闘の末、終に「家」の作者として示したような冷厳なリアリストの眼を獲得しているが、併しこの「新生」にはそのリアリストの眼はどこに行ってしまったのであろう。

もっとも、岸本の陥った陥穽は恐ろしいものではある。それに陥った場合の苦しみ、悩み、世間的な恥辱感その他いろいろの煩悶はさもありなんと思うし、暗い一族の血液的に遺伝したような盲目力の跳梁の前に、意思や抑制が手もなく敗北して行ったその結果は、何ともかとも仕方のないものであったろう。――「家」の三吉がお俊の手をそっと握るところにも、血液の中にのたうっている盲目力の恐ろしさが既に語られている。――

殊にモラリストとしての一つの態度を構えていた主人公であるだけ――モラリストとしての手形をふり出しているだけ、それだけその不渡りの清算の恐ろしさの前に顫えたのも無理はない。「自分のようなものでも何とかして生きたい」と思って、外国に逃げて行ったという事も、人によると非難するかも知れないが、併しあの場合、どんな方法によっての処置も非難を受けずに置かないであろう。――どうしても生きてやろう、と思うところに、寧ろこの主人公の強靱さとふてぶてしさとを見るべきである。

この道徳の問題にけつまずいて、しかもこの「新生」の主人公の問題よりはもっと簡単な問題にぶっつかって、有島武郎のように日頃のモラリストとして振出していた手形を清算するために、死を選んでしまったような人もあるが、それが善いとか悪いとかいう事は別問題として、「新生」の主人公は、そんな事ではなかなか自己の生命の放棄などはしないというところに、その執念深い生き方がある。その何としてでも生きたいと思うその執念深さを私は十分興味を以て眺める事が出来る。それがつまりは藤村の全作の底にひそんでいるあの強靱さを生んでいるわけだからである。

けれども、節子との関係の復活後、「二人の生活を高める」「節子を救う」「こんな高さまで二人で築き上げて来た」「宗教の方へ向う節子に手を貸して助ける」などという表現によって、今までそれの眼に触れることを恐れて、戦々兢々として慴《おび》えていた習俗や世間的なモラルやに向って急に居直って抗戦し始めた、あのひとりよがりの理想主義は一体何であろうか。――それは少年時代に養われたキリスト教的理想主義の甘さを、その甘さを知りながら、それに眼をつぶって、ふてぶてしい四十歳の自然主義的リアリストが、頭から引っかぶっているという居直りの虚勢ではないか。

「愛慾の問題で結局……損をするのは男だ……」という岸本の述懐を、私は岸本のイゴイズムとして非難しようとは思わない。実際節子は本気で岸本によって自己を高めて行けると思えるし、そう思うと、親に何と云われ、親戚に何と云われても、それに耳を藉さずに一途になれる。ここに女というものの性質がある。自己を社会からも習俗からも離して考えられるところに、つまり岸本の述懐するように、女の肩の軽さがあるからである。

併し岸本にはそんな風になれない。「損するのは男だ」という端的な歎息の表現の裏側には、男性の責任の社会的拡がりを認める事が出来る。――そこまではっきりした眼をもって眺めている岸本が、節子と同じになって、「二人でここまで高めて来た」新生を強調し、謳歌しているのはどういうわけか。

岸本があの理想主義の中に酔い込める人物であるなら文句はない。併し「家」の作者の冷厳な眼が、あんなところで物が見えなくなるとは、到底われわれには想像出来ない。

あの理想主義を強調するために、言葉が調子を帯び、響きを帯びて来れば来る程、益々読者は作者の説く処とは反対の方へ心を追いやられる。――こんな喜びを岸本と節子とは感じているのだと作者に云われると、読者はそれの信じられなさに横を向いて暗い顔をしないではいられなくなる。

最後の節子が長兄につれられて台湾に行ってしまうところで、読者はほっとする。こういう問題の解決は、どういう形が取られるにしても、一つの形を取ってしまえば、後は時の問題である。遠く離れてしまえば、後は時の問題である。そう思ってここまで岸本と節子との憂鬱な関係を聴かされて来た読者は、ほっとする。後は節子に台湾で心をおちつけ更生の道をはかってくれという事を心に祈るばかりである。これがあの小説の結末まで来て、読者の心に浮ぶ自然の感情である。

恐らく岸本も作者も読者と同じ思いをしている事であろうと読者は想像する。随分不自然なわざとらしさで、ここまで二人の関係を是認し、その意義を高調して来たけれど、それも聴きとがめれば随分聴きづらいひとりよがりがあったけれども、併しそんな事は今はもう好いとして、さぞあなたもほっとしたでしょう、といった気持で岸本を振返ると、岸本は決してほっとしたなどという事をおくびにもわれわれには見せない。それどころか、自分と離れて台湾まで行っても、節子はもう心配のいらない程、はっきり自己を打ち樹てた、そこまで彼女を高め、そこまで彼女を救ってきた事が、どんなに難事業であったかと、感慨無量といった顔付をして、われわれに説いて聞かせるのである。そして節子の残して行った草花を植えかえなどして、「節子は今や私の心の中にも地の中にもいる」などと呟いてみせるのである。――つまり読者は呆然としてしまうのである。

正直にいって、「新生」を読んで私は暫く暗い気持になった。藤村のいう新生が信じられれば、暗くならないで寧ろ明るくなるのかも知れないが、それが信じられないから暗くなったのである。「家」も暗い小説であるが、その暗さはこれとは違う。

私は前にも述べた通り、この十日程藤村の作物に没頭した。藤村をよみ出した機会にまだ読まない藤村の全作をみんな読んでしまおうと今考えている。藤村を全部読むという事は正直にいって相当苦痛である。併しそれにも拘らず不思議な魅力がある。それは読めば読む程この作家がなかなか一筋縄では行かない作家であるという事が感ぜられて来るからである。

散文精神について（講演メモ）

突然この講演会に出演しろという迎えを受けて、私は此処につれて来られたのであります。私は前もって何を話そうかという準備はしていませんでした。それで自動車でつれて来られる間に思いついたのですが、この会の主宰者である『人民文庫』の人達は近頃散文精神という事をしきりにいいます。その散文精神が何を意味するものであるかを私は詳かにしません。併し「散文精神」という言葉には私も多少の責任を感じます。それは「散文精神」という言葉は使いませんでしたが、「散文芸術」というものについて、私は比較的早く物をいったからであります。――そこで私は今此処で「散文精神」について考えて見ようと思います。『人民文庫』の人達のいう事と一致しないかも知れない。併しこの言葉が、今こうしてこの時代に擡頭して来たという事について、私は私だけの解釈を此処で述べて見たい。

近頃はロマンティシズムの擡頭《たいとう》を主張する人達がありますｏ林房雄君などがそれで、日本は今や大きな飛躍をしつつある。大陸に向って新しい飛躍をしつつある。そこに大きな希望があり、大きな夢があり、そしてそこにロマンティシズムの擡頭しなければならない理由があると、こうその一派は主張するらしいのです。林房雄君は文学者はもっと派手な服装をし、青や緑の……これは林君のいった通りの色ではないかも解らないが、兎に角、そういう目立つ色の服装で、銀座街頭をねり歩いても好いのだといっています。外国のロマンティシズムの詩人達がそうして街を練り歩いたと同じように、われわれも今現在のこの日本でそうやるべきだと、林君はいうのであります。

併しそんな意味でのロマンティシズムが擡頭すべき理由が今果してあるでしょうか。そうではなくて、寧ろ私などはその反対だと思います。われわれの文化がロマンティシズム勃興を感ずる理由が、私には少しもないように思われます。寧ろその反対で、この国にはアンチ文化の嵐が、今吹きまくっていると思われるのであります。

それ等について詳しくいう事は許されませんが、アンチ文化の嵐といえば、多分諸君にはお解りであろうと思います。

こういう時代に『人民文庫』の人達が散文精神を主張されるのは、まことに理由なき事ではないと私には思われます。前にも申した通りこの散文精神という言葉に、『人民文庫』の若い人達がどういう意味を表そうとしているのかという事は、私は詳かにしませんが、併し私流にこの言葉がこの時代にどういう意味を持つものであるかという事を述べて見たいと思います。

それはどんな事があってもめげずに、忍耐強く、執念深く、みだりに悲観もせず、楽観もせず、生き通して行く精神――それが散文精神だと思います。それは直ぐ得意になったりするような、そんなものであってはならない。現在のこの国の進み方を見て、ロマンティシズムの夜明けだとせっかちにそれを謳歌して、銀座通りを青い着物や緑の着物を着て有頂天になって飛び歩くような、そんな風に直ぐ思い上る精神であってはならない、と同時にこの国の薄暗さを見て、直ぐ悲観したり滅入ったりする精神であってもならない。そんなに無暗に音《ね》を上げる精神であってはならない。そうではなくて、それは何処までも忍耐して行く精神であります。アンチ文化の跳梁に対して音を上げず、何処までも忍耐して、執念深く生き通して行こうという精神であります。じっと我慢して冷静に、見なければならないものは決して見のがさずに、そして見なければならないものに慴《おび》えたり、戦慄したり、眼を蔽うたりしないで、何処までもそれを見つめながら、堪《こら》え堪えて生きて行こうという精神であります。

私は散文精神をそう解釈します。『人民文庫』の人達の意見は知りませんが、私は今述べたもののように、それを解釈します。そしてこの言葉を『人民文庫』の人達が主張している事に賛成します。

林君流のロマンティシズムなど芽生える余地は現在のこの国には絶対にありません。それを何か黎明が到来したように早合点して、直ぐ思い上るような楽天主義に、その散文精神は絶対反対であると共に、又必要以上に絶望して悲鳴を上げるペシミズムにも、この精神は絶対に反対なのであります。

私はこの散文精神と関聯して散文芸術の時代的の意味をも述べたいのでありますが、その問題に入ると長くなりますし、又散文芸術については二三回書いた事もありますので、此処では述べません。私の話はこれで終ります。

散文精神について

一

『人民文庫』の「散文精神についての座談会」では、私はひとりで喋ってしまったが、併しあの六ヶ敷い題目に対する用意が足りなかったので、自分ながら、何かかんじん要めのところに触れないもどかしさを感じた。

あれでは散文芸術というものの形式についての模索に過ぎない。——現在何故散文精神というものが新しく若い人々によっていわれはじめたかという事については、もう少し考えて見なければならない。

私はそれが新しくいわれはじめた事の最大の理由はやっぱり今われ〳〵が当面している現実――日本の文化の進みを阻害するあの強力な壁――の圧力にあると思う。つまりこの壁にぶっつかっての作家達の心構えが散文精神という言葉となって現れたのであると思う。

それは一口にいえば現実探求の精神――善悪ともに結論を急がずにひた押しに押して行く現実探求精神とでもいうべきであろう。林房雄君が例のロマンティシズム提唱の序でにであるが、最近或る文章でこの散文精神という言葉に触れていた。林君にいわせると、近頃散文精神などといい出した人間があるが、散文精神なんていうものは、この世のつまらなさを益々つまらなくして行くものだ。そういうものに反抗して立つのがロマンティシズムだというのである。それで色の変った着物を着て銀座をねり歩くのもよし、兎に角ロマンティクな精神を昂揚して、もっと生き甲斐のあるようにしなければならない、とこうかれは元気にいうのである。

近頃は用語がいろ〳〵の意味に使われるので、議論が混乱するから、用語整理という事が大切であると思うが、この散文精神などという言葉も、やはりそれに盛られる意味の解釈によっていろ〳〵の議論の出て来るのも無理はない。林君のは恐らく、かつてのロマンティシズムが、それに反逆していったところのクラシシズムの「散文的」というほどの意味に、この近頃いわれはじめた散文精神という言葉の意味を取ったらしい。そしてその解釈によってこれを攻撃したらしい。そう取ればそう攻撃するのも無理はない。

けれども、近頃いわれる散文精神というものは、林君のいうところの「散文的」という意味とは大分違いはしないか。その消極的な、現実に負けた、現状維持的な、精神の萎微《いび》した「散文的」という意味とは、凡そ性質の違った精神を指しているのではないか。

もっとも、こういったからとて、私は林君の攻撃した「近頃散文精神などという事をいい出した人間がある」というその本人ではない。たゞ『人民文庫』の「散文精神についての座談会」に呼ばれて、それに出席したゞけの関係にしか過ぎない。が、その座談会の雰囲気から推しても、近頃いわれる散文精神というのは、林君のいう「散文的」というほどの意味とは、大分趣が異なっているという事だけは、いう事が出来ると思う。

併し林君の散文精神攻撃には、散文精神の主張者が答えるであろう。それだから私は何も此処で林君に答える意味で筆を執ったのではない。そうではなくて、自分の喋った事を、此処で少し補足して置きたいと思って筆を執ったのである。

二

この現実当面の問題——アンティ文化の嵐に直面して、それを回避したり、それから隠遁したり、或は仮りの光明や、仮りの救いや、仮りの解決やを工夫してそれによってみずからを慰めたりすることの凡そない精神、現実を都合よく解釈したり、割引したりしない精神、現実をありのまゝに見ながら、而もそれと同時に無暗に絶望したり自棄になったり、みだりに音を揚げたりしない精神——善くも悪くも結論を急がずに、じっと忍耐しながら対象を分析して行く精神——こうしたいろ〳〵の性質が数えられると思う。

そしてそれらの性質を煎じつめれば、要するに「結論を急がぬ探求精神」というのが、この新しい散文精神が掲げるモットーでなければならないと思う。

善くも悪くも結論をつけるということは、人間の心理的にいって、割合に易しいことである。というよりも、人間の心理は、つい結論に走りたがるものである。結論に走らずには堪えがたくなるものである。——それを堪えて行くには、非常に強い気力を必要とする。その気力が散文精神でなければならない。

この善くも悪くも結論に急がず安価な肯定にも走らなければ、悲鳴も揚げず、われ〳〵が当面している現実の中に突入して行くことの精神は、現代の作家にとって、何より必要なことではないのかと私は思う。

それはかつていわれた「散文的」という意味のものではない。その現状維持的な熱のなさを、かつてのロマンティシズムによって攻撃されたクラシシズムの「散文性」では全然ない。啼かず飛ばずの「散文性」では決してない。

もっとも、その現れとしては、或る時は一見啼かず飛ばずに見えることもあるかも知れないが、併し結論や解釈のつかない間は、決してそれを急がず、じっと忍耐しながら、探究の手を一時もゆるめない地味な、而も張り切った精神。――対象に肉薄しながら、或る時は黙々と忍耐し、抵抗し、対象にゆるみの出来た時には、直ぐ攻撃に転ずる精神、徹頭徹尾現実直面を回避しない精神。――

恐らく若い人々がいい出した散文精神も、私のこの解釈に近いものなのであろうと思う。

この飽くことを知らぬ探求精神――それはロマンティシズムの領域であると、或はロマンティストはいうかも知れない。――そうなっても面白い。探求精神を、互にわが縄張りだといってロマンティシズムの主張者と、散文精神の主張者との間で争うようなことがあったらそれは相当面白いことに違いない。

しかし散文精神の必要を説くものにとっては、この世の中がつまらないから、それを面白くするといったとて、おいそれと、それで世の中が直ぐ面白くなるというような風には思い込めないに違いない。このつまらない世の中を面白くするには、やはり当面の現実の相《すがた》が変るより仕方がないということを、忍耐深く考えているからである。――その現実というものから回避したり、遊離したりすることとそのことが、散文精神の所有者には、凡そ面白くないことなのである。

三

私は今日本でとなえられているロマンティシズムの目標が何処にあるかを知らない。それ等のことを調べずに、物をいうことは、「散文精神」について林君が勝手に解釈したと同じように、文字面からロマンティシズムを勝手に解釈したというそしりを免れない結果に陥るであろう。

けれども、銀座通を人目に立つ色の変った着物を着て歩くもよかろうといったような断片的な言葉からも、多少その風貌を想像出来ないことはない。——私はそれもよかろうと思っている。この日本の現実のつまらなさに反逆して、青い着物を着て、銀座通を練り歩くようなことも、決して悪くはないと思っている。

けれども、時代の凡庸性、俗物性に対する反逆それ自身は、決して悪いことではないが、しかしそういう反逆は、いつか民衆と隔離して行く性質のものであるという点に、警戒を要すると思う。

かつてブルジョワジーの勃興期に、ブルジョワジーの持つ俗物性に反逆した芸術家達がいた。その反逆そのものは正しい。けれども芸術家のそうした反逆は、いつか芸術家を雲の上まで飛翔させてしまう。そのブルジョワジーの俗物性のよって来るところのものを、内部から現実に即して改変して行こうという民衆の意思と縁のないものになって行く。それと共にその進歩性が中止される。——白樺派の運動なども、丁度その好適の例の一つであるといえよう。

無論、新しく擡頭しているロマンティシズムは、嘗て左翼文壇に活躍した人々がその提唱者なので、そういうことに警戒は怠りないものと思うが、併し青い着物で銀座を練り歩くというようなことによってつまらない世の中が面白くなるというような、そういう面白さの到来を信じているとすれば、そういう風な面白さや飛躍は、結局やがて民衆と背馳《はいち》する性質を帯びるものになって来る危険はないか。

もっとも、これは林君の感想の一部に偶然眼が触れて、その断片を拾い出したのであるから、それが昔のならいざ知らず、今日のロマンティシズムの重要な一面では恐らくないであろうと思う。林君の元気な洒落の一つであるかも知れないと思う。——併し洒落にしても、そういう文字が眼に触れると老婆心が湧かないわけに行かない。そこで私は考えるのであるが、今日ロマンティシズムが起っているとすればそれはやっぱりその根底に私が述べたようなあの散文精神が横たわっていなければならない、と。それでないと危険であると。これは我田引水であろうか。

散文芸術の位置

地震前のことは非常に遠いような気がするが、併し里見弴君と菊池寛君とが芸術の内容と表現との問題で論争したのは、指折り数えてみれば、それ程前の事ではなかったように思う。あの論戦はなかなか面白かったが、どうやら勝負のつかない中に、両方で中止してしまった観があった。もう少し両君が続けてくれた方が、我々には一層面白かったわけだが、併し両君の立場々々に立ってみれば、物分れになるのが、当然のようにも考えられる。

併し両君のあの論戦は、稍々《やや》闇の中の竹刀《しない》という感じがないことはなかった。両方の竹刀が割合にぶつからない感じがあった。それは「芸術」の中から特に両君の従事している散文芸術というものを抜き出して、その専門の芸術の種類について論じなかったためではないかと思う。何故かというと、唯一般芸術といっただけでは、余りに空漠としていて、摑みどころがないからである。

　自分が今更こんな風に意見を挾むのは、少々時候外れのきらいがないこともないが、併し最近——といっても、二、三ヵ月前だが、里見君の『女性改造』の講演会の講演筆記を読んだら、里見君が相変らずこの問題を問題にしているので、この分では自分がそれについて何か云うのも、それ程遅過ぎるわけではなさそうな気がして来た次第である。

　里見君はその講演の中で、芸術の人生的価値乃至《ないし》人生的功利が、必ずしも芸術と一致しないという事を説明するために、宇治の平等院の鳳凰堂をその例に持出していた。鳳凰堂の翼《ウイング》は、その中を人が通れない位低くて小さい。併しそれは鳳凰堂の建築芸術の上からいえば、抜きさしならないもので、たといそれが功利的価値に於いては如何に低くとも、そんな事はあの建物の芸術的価値を少しでも傷つけるものとはならない。——里見君のいう意味はそういう意味だった。言葉は無論違うが、意味はそういう意味だったと信ずる。

　里見君のこの説は確に正しい。自分はそれに決して異存を述べようとは思わない。鳳凰堂全体の美の調和の上から、それの功利的な便利を捨てて、翼《ウイング》を低く小さくして、立派な芸術を作り上げたという事は、愉快な話であるし、無論それを非難する理由は少しもない。

　だが、それ故に芸術の人生的価値が軽く見られていいかどうかということになると、自分には疑問が湧くし、又里見君のそれだけの説明では納得出来ないのである。

つまり一口に云うと、宇治の鳳凰堂のその例で、近代の散文芸術の説明とするわけには、自分には行かないのである。

故有島武郎氏が、嘗て自分との論争の場合に、芸術家を三段の種類に分けて、次のような説明をしたことがあった。つまり第一段の芸術家は、自己の芸術というものに没頭し切っていて、余念のない人である。武郎氏の説によると、これは最も尊敬すべき芸術家、つまり純粋の芸術家なのである。（その例に武郎氏は泉鏡花氏を挙げられた。）第二段の芸術家は自己の生活とその周囲とに常に関心なくしては生きられない人である。そして第三段の芸術家は御都合主義の人で、日和見《ひよりみ》的な、妥協的な人である。

無論正確に云えば、この第三段の芸術家は別に論ずる必要がないから、除外するのが正当である。云うまでもなく、こういう人は厳密な意味で芸術家ではないからである。

そこで第一段の自己の芸術に没頭し切っている芸術家と、第二段の自己の生活とその周囲とに関心なくして生きられない芸術家との二種類になる。

この二種類の芸術家の区別には、自分は別段何の異存もない。だが、この二種類の芸術家の価値を説こうとする時、武郎氏と自分との意見は南と北と程の相違を来したのである。

この事は自分は嘗て一度書いた事がある。芸術家としてのまた思想家としての武郎氏を徹底的に批評すると同時に、氏と芸術及び思想についての根本的の論争をしようと思って、その序論として氏のこの芸術家の二種の分類を批評しかけたのだが、氏が「当分自分は誰の批評にも答えないつもりだ」と宣言されたので、自分は急にそれを書きつづける興味を失って、とうとう序論だけで止めてしまった。

併しその序論の中に、氏のこの二種の芸術家の分類については既に自分は意見を述べているので、ここではそれを再び繰返すことになるわけである。

武郎氏はそうした分類を芸術家の中に作った上で、氏自身は「残念乍ら、自分は第二段の芸術家である。今に自分は修養が積んで、第一段の芸術家になり得る時が来るかも知れないが、今のところ自分は、自分が第一段の芸術家になれているとは思うわけに行かない」という意味の事を云った。つまり氏は自己の芸術に没頭し切れる人ではなくして、常に自己の生活とその周囲に関心なくしては生きられない人――人生に悩みつづけている人であった事を、氏はみずから認めていたのである。

その点には自分はやはり異存はない。実際武郎氏は自己の生活とその周囲とに関心なくしては生きられない人であったし、氏自身もその事をよく知っていたという事が氏のこの言葉によってもよく解る。

だが、氏が氏の所謂第一段の芸術家が、一番純粋な、尊敬すべき芸術家で、第二段の芸術家が、それよりも低いものであると解釈し、氏自身がその第二段の芸術家である事をみずから卑下しているのが、自分には不賛成なのである。

これも芸術という言葉を余り漠然と使い過ぎていることの弊であると自分は思う。


そこで芸術という一般的な言葉を、もう少し細かに区分けする必要が生じて来る。音楽、美術、詩、散文……そうした種類に区分けする必要が生じて来る。

そうした上で、一番重要な事は、音楽、美術、詩、散文が共に芸術ではあるが、その一つ一つが各々《それぞれ》の特色を持っていて、その間に価値の高下があるという妄念を捨てることである。

それ等はみな各々独立した存在を主張する価値のあるもので、散文が音楽でもなければ、美術が詩歌でもない、それ等は互に代りをつとめるわけには行かないところの、それぞれ独立した芸術上の元素なのである。

そしてそれ等の芸術上の元素を一々説明するのは、この小感想の目的ではないから止めるが、それ等の中で散文芸術――特に我々が小説家であるから、小説芸術という言葉を使ってもいい。

尠くとも、散文芸術という言葉の意味を、我々の専門であるところの小説を主にしたものとこでは取って貰う方が、後の説明に便利である。――というものは、一番人生に直接に近い性質を持っているという事だけは、云って置かなければならない。

これを武郎氏の芸術家の種類別に持って行って説明すると、一層明かになるが、武郎氏の所謂第一段の芸術家――自己の芸術に没頭し切って、他に余念のない芸術家というものは、音楽、美術、詩の世界に於いては、あり得ても、散文芸術の世界に於いてはあり得ないものである。尤も近代になるに従って、音楽、美術、詩の世界でも、人生的要素を益々求めて来る傾向はあるが、併しそれは比較的という程度のものであるから、ここでは問題にしない事にする。近代の散文芸術というものは、自己の生活とその周囲とに関心を持たずに生きられないところから生れたものであり、それ故に我々に呼びがけるところの価値を持っているものである。云い換えれば、武郎氏の所謂第二段の芸術家の手によって、始めて近代の散文芸術が生れているのである。

これは例を引くまでもないだろうが、近代の散文芸術の巨匠達、トルストイ、ストリンドベルヒ、ドストイェフスキイ等の一人として、自己の生活とその周囲とに関心なくして生きられた人間はいない。いや、自己の生活とその周囲とに余りにも関心なくして生きられなかったところに、彼等の力強い散文芸術が生れたのである。そして自己の生活とその周囲に関心なくして生きられなかったという事は、取りも直さず、武郎氏の所謂第二段の芸術家である。

そして散文芸術というものは、つまりそういう種類のものであり、そういう種類のものである事を、恥じも卑下もする事は少しも要らない、いや、そういう種類のものであることを寧ろ誇ってもいいところのものである。

それだのに武郎氏は、自身が第二段の芸術家であって、第一段の芸術家であり得ない事を、悲しみなげいている。——これは芸術という漠然とした言葉に氏が眩惑されてしまったところから来ているに違いない。我々が今携っているところの散文芸術というものについて、氏がよく考えてみなかったところから来ているに相違ない。

氏の説のように、第一段の芸術家に第二段の芸術家がなり得ない事を悲しまなければならなかったとしたら、トルストイ、ドストイェフスキイ、ストリンドベルヒ等が、我が泉鏡花氏になれない事を悲しまなければならない事になるだろう。——これは少々品のない物の云い方ではあるが、ちょっとこんな物の云い方をしてみたい気にもなって来る。

さて、自分のこの小論の最初の目的では、里見弴君と菊池寛君との芸術の内容と表現との論争にも、ちょっと言葉を挾んでみるつもりでいたんだが、両君の論争の文章が今手許にないので、両君の云った言葉を正しく引用する事が出来ないから、不用意なことを云う事は止めにするが、――唯自分のうろ覚えの記憶では、里見君の内容即表現論は、つまり芸術の表現上の問題であって、菊池君の内容尊重論は、芸術の種類、即ち散文芸術の性質の闡明にあったようだった。この二つに分けて論じなければならない問題を、混同して論じたところに、両君の竹刀が稍々闇の中の竹刀だったという感じが湧くのだろうと思う。――表現即内容という事が、芸術表現上の定理であると同時に、散文芸術が人生的内容をもって始めて生れるという事も亦芸術の種類別上の原則である。

そこで、自分は最後にちょっとこの感想の標題について一言するが、「散文芸術の位置」という標題は、この不用意な文章の標題としては、少々大袈裟過ぎた嫌いがないでもない。芸術上に於ける散文芸術の位置を述べるには、もう少し研究的に説く方が本当だったかも知れない。――だが、今はその暇がないが、いつかその余裕が出て来ることと思う。

結局、一口に云えば、沢山の芸術の種類の中で、散文芸術は、直ぐ人生の隣りにいるものである。右隣りには、詩、美術、音楽というように、いろいろの芸術が並んでいるが、左隣りは直ぐ人生である。――そして人生の直ぐ隣りという事が、認識不足の美学者などに云わせると、それ故散文芸術は芸術として最も不純なものであるように解釈するが、併し人生と直ぐ隣り合せだというところに、散文芸術の一番純粋の特色があるのであって、それは不純でも何でもない、そういう種類のものであり、それ以外のものでないという純粋さを持っているものなのである。音楽が一番純粋な芸術だという説などは、随分世に流布されているが、これも芸術にいろいろの種類があり、その種類にそれぞれの性質があるという事を考えた事のない、認識不足の美学者の囈語《たわごと》である。

併しこうした囈語は、うっかりすると散文芸術家の中からも聞くことがある。――そこで散文芸術というものが、他に類のない、人生と隣り合せに位置を占めている、非常に愉快な、純粋な芸術であるという事を、ちょっと一言したくなったわけである。

再び散文芸術の位置について

――生田長江氏に答う――

自分の書いた「散文芸術の位置」という文章に対して、生田長江氏から深切な教示を与えられたことを感謝する。

自分のあの文章はあの中にも断って置いた通り、あんなように不用意に書くべきものではなかった。そして生田長江氏の指摘された通り、一つの学説を立てる事は、自分のような衝動的に物を感じて動いて行く人間には、不向きかも知れない。

だが、あの文章の中で自分の言おうとした事は生田長江氏のように「音楽、美術、詩、散文等のいずれといえども、それが芸術としての価値を有する限り、我々の芸術意識に呼びかけないことは有り得ない」と云ったような芸術論だけで満足出来ない気持を語るにあったのである。「所謂自己の生活及び其周囲をより高くより深いものにし、より充実したものにするという事の貢献に於いては道徳と芸術との間に差別はない。（芸術にしてその貢献をなさないならば、芸術と単なる遊戯娯楽との間に、何等の差別もなくなってしまう。）ただ道徳にあっては、そうした貢献が意識されたる目的であり、芸術にあっては、そうした貢献が自らなる結果として来るというだけの相違である」という生田氏の芸術の人生に対する関係の説明も、説そのものとして、もとより何等の異存があるわけではない。

だが、そう云った一般的な芸術論では、あまり包括力が大きくって、天も地も総てが含まれ過ぎてしまっていて、その中にふくまれたもの同士の細かい相違は解らなくなる。

如何なる芸術でも、自己の生活及びその周囲――一口に云えば人生と云ってもいい――をより高くより深いものとし、より充実したものとしないような芸術はあり得ないという事は、もろもろの芸術の最大公約数的な定理として解り切った事でもあるし、別段異議をとなえる必要も認めないが、併し何も彼もその最大公約数的な定理まで持って行ってかくの如くこの定理に当てはまるから、それだからどんな芸術でも同じ事だという結論に達する事が、自分には不満でならないのである。

例えば、宇治の鳳凰堂の翼《ウイング》が、その内を人が立っては通れない位低く出来ているが、併しそれだからと云って、鳳凰堂の美――芸術的効果はそのために少しも乱されないどころか、寧ろその功利の無視が、その芸術的な感銘を強めているとする。――これは里見弴氏の『女性改造』に載った講演筆記の中にある言葉で、里見氏はこれを芸術の功利説を否定する論拠としていられる。そして自分の「散文芸術の位置」という感想は、里見氏のその講演筆記を読んで書く気になったのだという事は、自分はあの感想の冒頭に述べた通りである。

宇治の鳳凰堂の翼《ウイング》がその内を人が立って通れない位低く出来ているという事、そしてその事が芸術的感銘を弱めるどころか、寧ろそれを一層強めているという事は、無論何等の異議を挟むべき問題ではない。――そしてその感銘を、生田氏のあの最大公約数的定理に持って行って当てはめて見ても、その美は、人の心に美感を与える点で、人生をより高く、より深いものにし、より充実したものにするに役立つという性質を十分に備えているという事が出来る。

けれども、こうした意味の「芸術」と現代の我々が見ている「散文芸術」とが、我々の芸術意識に呼びかけるというだけの事で、同列に並べられていいか悪いか、という事が自分の問題としたところなのである。

「音楽、美術、詩、散文等の中のいずれといえども、それが芸術としての価値を有する限り、我々の芸術意識に呼びかけないことは有り得ない」という生田氏の説明には、前にも云った通り、別段何の異存もない。けれどもそのいろいろの芸術意識というものが、なかなか一口に「芸術意識」という一つの言葉だけでは包括出来ない位に感じの違っているものである。その点が自分に取っては一番重要な事であり、それ故に「散文芸術の位置」を書く気になったのであるが、生田氏は「芸術意識」という言葉で一括しているだけで、その芸術意識の内容を少しも説明していない。

そこで生田氏の所謂「広津君に不得手」な説明を此処で少しばかり自分はしなければならないが、一口に云うと、純粋な美、それは音楽からも絵画からも、詩からも抽象し得る所謂第一義的な芸術意識に訴えるもの、功利の意味を少しも含まない第一義的な芸術美以外に、第二義的な芸術美がある。我々が日常見ている生活に近い美、純粋な第一義的な美に対して、これを何と説明したらいいか。生田氏は芸術意識と道徳意識とを分けていられたが、それのまざり合った美、広い意味で道徳意識と云ってもいいが、それでは誤解される恐れがあるから、もっともろもろの人生的要素とまざり合った美、岸田劉生氏の画論の中に「卑近美」という言葉が使ってあったが、自分も今のその言葉を借用しよう。――兎に角、所謂一般の芸術意識と同列に置く事の出来ない、もっと人間的な（と云ったら、生田氏は又どんな美だって人間的な美でない美はあり得ないというかも知れないが）、現実的な卑近美がある。――「芸術的なものであるよりも道徳的なもの」と云うような言葉を生田氏はよく使うが、それをあべこべに、「道徳的（ほんとうは人間的と云った方がいいのだが）だからこそ益々芸術的な」と云っていいような美なのである。――その美は、芸術が最も恐れていた「功利」（道徳をも含めた人生の功利的諸要素）をさえも恐れはしない。いや、人生の功利も何も総てその第二段の美に取っては、その内容なのである。

自分の学的説明はかくの如く下手だから、そういう説明に馴れている生田氏などが、これをもっとうまく体系的に考え、表現してくれると、非常に嬉しいわけなのだが、併しこの下手な説明でも、自分の云おうとしたところは略々《ほぼ》察しられるだろう。

その第二段の美――卑近美というものは、それ自身が独立したところの、それ自身であるという事で純粋な美である。そしてそうした芸術美の追窮が、今日の散文芸術の形式を生み、その隆盛を見るに至ったのである。――とざっと説明すれば右のようである。言葉の矛盾や揚足取りを後まわしにして、自分の意のあるところを、長江氏よ、もう一度考えて見て下さい。「散文芸術は人生の隣りだ」という言葉は、今となっては、自分でも一寸苦笑いものではあるが、併しその卑近美の世界を取扱う芸術であるという意味を、少々柄にない美文的な云い方で云ったまでである。人生的功利さえもその内容として、立派に一個の独立した芸術美を生み出すが、併しまかり間違えば、功利に囚われて「芸術」でなくなる――トルストイの晩年などその例の一つ――程、それ程人生的な芸術、と云う意味なのである。

自分が芸術を人生の外に置いたと云う点での、生田氏の揶揄は一応もっともであるが、それは説明の立場の違いではなきや。――人生の外と云ったのは、芸術活動が、人生活動以外の活動という意にあらず。いろいろの芸術を平面的に説明するために置いて見ただけの話です。縦に云わずに、横に云って見ただけの話です。

此処まで書いて、生田氏の「認識不足の美学者二人」をもう一度読み返して見たら、生田氏はこんな事を云われている。

「彼等（トルストイ、ドストイェフスキイ、ストリンドベルヒ）の芸術品は芸術であると共に、他の或るものを兼ねているという意味に於て、純粋の芸術でないとも云えよう。けれども所謂芸術品でないということは、必ずしもその価値を減軽すべき理由となるものではない。なぜと云って、その所謂芸術品の内の芸術ならざる部分が、単に非芸術たるに止まって反芸術となるに至らず、換言すれば、全体の芸術的効果を助長しないというに止まってそれを阻害し汚毒するというに至らないならば、それはその特に芸術的なる一面の故に、どんなに高級なる芸術でもあり得るからである」

それなら生田氏の所謂「不純」を冒してまで、何故それ等の芸術家が、生田氏の所謂「芸術ならざる部分」を彼等の作物の中に書いたのであるか。それを彼等が「一面芸術家であると共に、他面芸術家以外のあるもの、謂わば或意味に於いての道徳家だからだ」という説明だけで、満足していいものか。先ずそれを生田氏に説きたい。

その答を聞いた上で、更に訊ねたい。

生田氏は「その所謂芸術品の内の芸術ならざる部分が、単に非芸術たるに止まって、反芸術たるに至らず、全体の芸術的効果を助長しないというに止まって、それを阻害し汚毒するというに至らないならば、それはその特に芸術的なる一面の故に、どんなに高級なる芸術でもあり得る」と云っているが、それとはあべこべに生田氏の所謂作者が道徳家なる故に書いた「非芸術なる部分」が寧ろ一層強く作物全体を生かし、その感銘を一層深くしているというような場合がないであろうか。生田氏の所謂「非芸術なる部分」をすっかり省いてしまった場合に、その芸術品そのものの価値が半減されるような場合がないであろうか。「ない」と答える勇気が氏にあるであろうか。——それとも氏はその感銘は純芸術的感銘ではなく、「芸術と道徳との結合したものだ」と云い抜けるであろうか。

もっともそこまで来れば、もうこっちのものである。道徳的乃至人間的であればあるだけ、或は又広く人生諸活動との交渉が深ければ深いだけ、それだけ益々芸術的感銘の強い一種の芸術がある。長江氏の「非芸術なる部分」「不純」(これは長江氏の芸術観から見た上での不純)は此処ではほんとうは「非芸術」でも「不純」でもない。それ等がまざり合って出ているところに、それ自身の純粋さのある一種の芸術なのである。――この芸術境を認める事も出来ず、例の「芸術意識に訴える……云々」の最大公約数的定理一点ばりで、絵画も音楽も散文も詩も、何も彼も一緒くたにして少しも不便を感じないとならば、そして人生的諸活動との距離の近いというところに、「不純」や「非芸術なる部分」を感じて恥じないとならば、生田氏こそは、自分の所謂「認識不足の美学者」ではないか。――自分は学問としての「美学」に精通していない。けれども散文芸術の位置をほんとうに認める事が出来ず、「芸術ならざる部分が、単に非芸術たるに止まって、反芸術たるに至らず、換言すれば、全体の芸術的効果を助長しないというに止まって、それを阻害し汚毒するというに至らないならば、それはその特に芸術的なる一面の故に、どんなに高級なる芸術でもあり得る」というような不得要領な説明をして得々としている氏のような美学者が、新しい美学者だとすれば、折角長江氏から自分や佐藤春夫君の方へ送り返して来た「認識不足の美学者」を再び長江氏に捧呈しなければならない。無論「認識不足の美学者」と云う尊称は自分の日頃尊敬する生田氏に向って用意した言葉ではなかったのだが、併しそれが偶然にも長江氏に捧呈しなければならない言葉になるような結果となろうとは、さてもさても意外な話である。

もう一度冗《くど》いようだが繰返す。上に述べたような散文芸術家――トルストイやストリンドベルヒ等――の目指していた芸術美は、所謂長江氏の「芸術美」とはもっと違ったものなのである。彼等から長江氏の所謂「非芸術なる部分」や「芸術的不純」などを取去ったならば、「特に芸術的なる一面の故に、どんなに高級なる芸術でもあり得る」ような生優しい事ではない、虎から生眼を抜き去るようなものである。

結局「認識不足の美学者二人」で長江氏が我々に教えようとしたものは、右の通りに陳腐な美学だった。芸術の一般論から、一歩踏み込んで多少でも特殊な「部分」についての説明を試みようとしている人間に向って、陳腐な一般論を諄々として説教してくれただけのものだった。長江氏の労を多とすると共に、若干の苦笑を禁じ得なかったという事を告白しないわけに行かない。散文芸術の美学というものについての御再考を敢て長江氏に煩す次第である。

「ゴンクウル、フロオベルなぞが少くとも制作時に於いて、如何に自己の芸術に没頭し切って、余念のない芸術家であり得たかを想見しないか」という質問は生田氏にも似合わない愚問である。――自分の云った意味も、有島武郎氏の云った意味も、制作時の問題ではない。芸術に没頭するという意味は単に制作時に於ける場合の意味ではない。制作時に没頭するのは当り前の話である。自己とその周囲に関心なしに生きられないという有島氏だって、創作衝動で筆を執っていた時、その創作に没頭し切れなくなったわけではない。――それから「泉鏡花氏を散文芸術家でないと云う勇気があるか」という生田氏の詰問に対して、自分は「ある」と答えよう。泉氏の持っている芸術美は、我々が散文芸術美として認めている美からは、かなり縁遠い。

それから、生田長江氏の「『新しい』『旧い』の問題」と云う中に、自分が三四行引合いに出されている。自分は生田氏の「『新しい』『旧い』の問題」を全部通読したわけではなく、自分の事の云われているカッコ内とその前後の五六行を読んだだけではあるが、併しああ云うように引合に出されて、而も「引きつづいて広津君を問題にするのもいやだから見合せる」と云うように、長江氏から好意ある黙殺をされる事を、大してありがたい恩恵とも思う気になれないから、一つ自分の方から説明してかかろう。

自分が「トルストイやドストイェフスキイやチェエホフなどが一向興味を引かなくなり、新しい芸術家の某々なぞが本当に共鳴し得られる」と云う意味の事を、新潮の合評会で云ったという事を、長江氏は引合に出していられたが、唯そう片づけられてしまっては、「引きつづいて広津君を問題にするのもいやだから見合わせる」どころではない。氏に取っては「見合わせ」であっても、自分に取っては迷惑至極な話である。

自分の云うのは、トルストイ、ドストイェフスキイの価値がなくなってしまったという意味では無論ない。もっとも、自分はトルストイ程はドストイェフスキイに興味を持たない。小説家としてはドストイェフスキイの方が上だというような説をなす人もあるが、自分にはトルストイの方がずっと尊敬する気になれる。――それは自分の嗜好だから、今別段問題にする必要はない。それから自分が長い間愛読し尊敬しているチェエホフの価値が、今の自分に取って、急になくなってしまったというわけでも無論ない。

そうした過去の天才達を、唯簡単に片づけてしまっているわけでは毛頭ない。「合評会」の席などでは、人との応酬から、片手落な言葉を吐き勝ちになるので、いろいろの誤解を買うが、併し上に述べたような天才達の価値が、なくなったという意味では決してない。

けれども、こういう事だけははっきり云える。結局トルストイ、ドストイェフスキイ、チェエホフ等は、旧世紀が生み出した天才達だ。そういう意味で、日に日に新たになって来、動きつつある世界から、だんだん遠ざかって行く。時代はトルストイやドストイェフスキイやチェエホフのところで立止ってはいない。これはいかんともし難い事だ。そして一方からはいかんともし難い事だが、一方から云えば、実際止まってしまっては、それこそ困った話でもある。

それを自分自身として考えて見る。昔愛読した「戦争と平和」も「復活」も、今読み返そうとすると、なかなか億劫で読み返せない。チェエホフの作物などは、殆んど十年の間、いつでも読み返しては喜んでいたものだが、どうも悲しいかな、近頃は昔程の興味を惹かなくなって来ている。——これは併し自分の罪ではない、チェエホフなどは、殊に昔ほど自分に興味がなくなって来たという事が、自分の尊敬する作者だけに、特に情ない感じがするのだが、併しもうあの侘しい挽歌が聞きたくなくなって来た。

時代が違って来たとも云えるし、自分の感じ方が違って来たとも云える。そしてチェエホフの或作よりも、オオ・ヘンリイ（この作者の真価は自分には未だよく解ってはいない）の或作物などに、「世紀が違って来た」という感銘を受ける。——生田氏は新しい人々のものを読んで見なければならないと思うのは、古い天才達のものが「私達の胸にまでぴたりと来なくなって来たからと云うわけでも何でもない。私達はただ、それ等の新しい人物と新しい作品とを通して、最も新しい時代の流にひたり、厳密に私達のこの時代に生きようとしているに過ぎないのである」と云っているが、そんなに比較研究的に読んで、それから現代に厳密に生きるなんていう事が出来るものかしらん。自分などには、生田氏と違って古い天才達のものが「ぴたりと胸に来ない」感じが、だんだんして来ている。そして「ぴたりと胸に来るものが」今まで知らなかった新しい作家達の物の方に感じられ始めている。それは何も「嗜好の新しさ」を誇張するのでなければ、「自己の思想と芸術とが未だ未だ旧くならないでいるように思われようとする浅墓な努力」でも何でもない。一体比較研究して然る後、新しい時代にでも旧い時代にでも生きるというのが長江氏のやり方であるらしいが、自分などは長江氏から見ると、もう少し「感じ」から這入って行くらしい。

自分は過去の天才達の価値を否定しようとするのではない。けれども、長江氏のように「新しい人物と新しい作品を通して、最も新しい時代の流にひたり、厳密に私達のこの時代に生きようとするに過ぎない」と云うような用意周到な読み方をするのではなくして、折に触れて読んだ新しい作家達のものに、「これは新しいぞ」という喜びを受ける事があるのである。それは未だそれ等の人々が、その価値から云って、過去の天才達に匹敵するものかどうかは知らない。併し十九世紀と違った新世紀の萌芽が、新世紀の四分の一を経過した今になって、現れ始めて来たのではないかと云う想像を抱くのも無理はないだろう。二十世紀の後半に至ったら、十九世紀の後半とは非常に違った新しい芸術の花盛りが来るのではないか。今がその萌芽時代なのではないか、と云ったような明るい空想をするのも無理はないだろう。ポオル・モオランの価値が果してどの位のものだかという事は未だよくは解らない。けれども、「マダム・ボヴァリイ」の作者と、同時代の作者でないという事の顕著さが、我々――いや、自分の心を喜ばしく鼓動させる。と云って、それはフロオベルの価値が、今やなくなってしまったという意味では無論ない。

十九世紀の世界各国に現れた天才達は、それに続く時代のものに取って、あまりに大き過ぎた。それ等の天才達の巨大な姿に圧せられてしまって、続く時代の人々は手も足も出ない感じがあった。――そこで文学不振時代がかなり続いた。右に行こうとするにも左に行こうとするにも、過去の巨人達の足跡を追う外はなかった。――そういう時期に――新文学の多少の萌芽かも知れないと思うものが、現れて来た事が、或は現れて来たと予想させる事が、自分を喜ばしたって、決して無理ではないではないか。

長江氏よ。比較研究して然る後、厳密に現代に生きる、と云ったような流儀でない自分が、少々の浮気の「感じ」を発揮しようと、一々とがめ立てし給うな。――厳密に比較し考慮して生きようと、直ぐ希望を抱いたり、失望したり、又希望を抱いたりして生きようと、時に計算させれば、その間に大した相違はないだろう。

散文芸術諸問題

散文芸術についての論議が此処一二ヶ月やかましかったけれども、この国の他の文学上の議論と同様に、どうケリがついたともつかないともなくもうそろそろ忘れかけられて来た傾向がある。もっともこういう論議は忘れられてしまったって、一向さしつかえないのである。それは散文芸術に志している人々の中で、この問題について本気に考えて見なければならない必要を感じたものが本気に考えて見れば好いので、その必要のない人間が一つの抽象的な命題として、必要でもない事を云ったところで仕方がないのである。

私は相当やかましく交わされたそれ等の論議に一々目を通したわけではない。そして又私がその論議の的となっていたわけでもない。併し散文芸術というものについて、特に何か云おうとしたのは私が最も早かったので、多少の責任を感じないでもない。

それは私に取っては古い命題である。「散文芸術の人生に於ける位置」という文章を書いたのは、震災よりも二三年前だったと記憶するから、どうやらもう二タ昔も前の事である。大して反響もなかったので、そのままになっていたが、頭の中では始終それが問題になっていた。併し一つの考えというものは、考え始めた時一途に考え切ってしまわないと、いつか馴れっこになる。それで考えつづけてはいるのであろうが、併し早く結論を急ぐ必要もないと思い、いつか余裕のある時その事をゆっくり、そしてはっきり考えて見ようというような緩慢な考え方になっていた。つまり急性がいつか慢性に移行していたのである。

三四ヶ月前武田麟太郎君と「散文芸術について」の二人の対談会を雑誌『文芸』の依頼でやった時、自分は二十年前のその考え方からそう進んでいるわけでもないので、自分としてはそれ程喋りたいとも思っていなかったが、そういう場合に多弁になる悪癖があるので、対談が始まって見ると、つい喋ってしまった。武田君の三倍も五倍も喋ってしまった。喋った事は昔書いた事と大した変りがあったわけではない。

併し昔と違って大変反響があった。自分は一寸戸まどいした程である。われわれを最も支持したのは恐らく丹羽文雄君であろう。丹羽君は丁度われわれと同じ問題に、彼の創作実践の上でぶつかっていたので、それだけ余計共鳴したわけなのである。そこでそれについての幾つかの文章を書いた。――この散文芸術の考え方に反対した人々の引例は、多く丹羽君の文章の中から引いてあったようであった。

私は此処でそうした反対説の幾つかに答えて見るつもりであるが、併しその前に私が云いたいのは、前にも一寸述べたように、これは散文芸術の性質を闡明する必要を感じている人々に取って必要なので、それを闡明する必要を感じていない門外漢の横槍は、結局散文芸術に取って役に立たないものだと云う事である。それを云い換えれば、これの論議は散文芸術闡明の方法の上にあるべきであって、散文芸術に特異の性質があるとわれわれが云うのを、ないと反駁しようという議論などは、われわれに取ってはどうでも好いのである。

大体そうした大ざっぱな意味での反対論は、相手を向うの端にいるものと仮定し、自分はこっちの端にいるものとして、その上で論理の空廻り的な反撃や反駁を相手に加える。実質以上に相手と自分を黒白に分けて咆吼する。こういう文学上の議論程退屈で無意味なものは実際ないのである。例のブルンチェエルとアナトオル・フランスの裁断批評と印象批評との論争の如きは、近代の名論争のように喧伝されているが、併しあのエキスパアト達でも、互に相手を簡単に解釈することによって、いたずらに白と黒との咆吼を続けたといううきらいがないでもない。全然印象批評を含まない截断批評はあり得ないし、全然截断批評を含まない印象批評もあり得ないのに、そうした互に共通な部分は故意に無視し合っている。端と端とにかたくなに位置を占め合って、互に歩み寄れる部分があるのに歩み寄っては行かないのである。ああなると意地と強情とで、つまらぬ揚足の取りっこをするより仕方がなくなるのである。

私は性来論争を好まない質であるが、それは論争というものが、ややもすると今述べたようなものになり勝だからである。

○

さて私は此処で最初に本多顕彰氏に向って答えよう。本多顕彰氏の言葉はわれわれに対する反駁である筈なのに、期せずしてわれわれの意見を裏書きする事にもなっているから。

それは本多氏が『東京朝日新聞』の時評の中で云っていたのであるが、「小説が芸術であってはならないという説があるが、そんな事はない。小説は立派な芸術でなければならない」というのである。これは多分丹羽文雄君の言葉に対する反駁であろうが、併し「小説が芸術に蹴つまずいてはならない」とは私も云った事がある。併し丹羽君にしても私にしても、無論それは比喩である。何故かというと、われわれは、「散文芸術」と云う言葉を使っているからである。「芸術」でないと本気に思えば、「散文芸術」などと云いはしない。唯われわれが「小説は芸術でない」というのは、在来の所謂「芸術」の範疇では小説が窒息するので、その範疇によって縛られたくないという意味なのである。

本多氏の次の言葉を聞こう。「小説は立派な芸術でなければならない。併し芸術としては詩の方が上である」——この本多氏の不用意の間につかっている旧美学の芸術観、これが散文芸術家に取っては不便であり、承認出来ないものであるから、そこからわれわれの意見は出発したのであるが、この深切な批評家は、折角出発したわれわれを再び不便な古い旧美学の牢獄の中に押し戻そうとするのである。それなら反問したいと思うが、「上」とか「下」とかいうのはどういう意味なのであるか。同じ性質のものの間にある階級の意味なのか。つまり小説は詩の低い形だとでもいうのであるか。小説が醇化するとか、高度になるとかすれば、詩になってしまうというのであるか。それとも小説は詩の未発達のもので詩に達するまでの道程として小説が存在するのだとでもいうのであるか。果して小説はそれだけのものであろうか。若しそうだとすれば、近代になるに従って、どうして小説がこのように著しい発達を来たしたのであるか。

「上である、下である」「高い、低い」「芸術としては一方が純で一方が不純な形である」というような芸術論が、小説の性質及び発達を説明するのに何等かの役に果して立つか。近代の小説は詩に達する道程として出発しているのだと、若し大胆に云い切れるなら、この議論は成立つかも知れない。併し誰が大胆にそういう事を云い切れるか。若しそう云い切ったものがあり、そしてそれが真理であるならば、小説はもっと整理され姿を消して行かなければならないだろう。ところが、事実はそれに反して小説は益々発達しつつあるのである。それは発達する理由があるから発達するのである。それだのに「芸術としては詩の方が上だ」と認識不足の旧美学が古い範疇を持出して、小説の使命や性質を軽視しようとするのである。上も下も高いも低いもそんな事はどうでも勝手にするが好い——散文芸術家は癇癪を起して、そんな所謂「芸術」などに蹴つまずいていられるかと、ついこうタンカを切りたくなるわけなのである。

それは「高い、低い」「上であり、下であり」「純粋であり、不純粋であり」などというものではなく、別の使命を帯びているのである。それだから「芸術として高い低い」などと云っている旧美学なんていうものは振捨てて、自分で自分の性質をよく見戍《みまも》ろうとする。——それが散文芸術論の擡頭なのである。

私が二十年前初めて「散文芸術の人生に於ける位置」という論文を発表した時も、故生田長江が丁度本多氏と同じような事を云って反駁し、小説の性質の闡明としての私の出発を、御深切にもまたわざわざ「詩の低い形」にまで返してしまった。「詩の低い形」で我慢しろと云ったって、それは無理である。そんな階級制度のはげしい芸術王国の中で小説に与えられた地位で、詩の奴隷として働く事に満足していろと云われたって、そんな境涯に小説がいつまでも安んじていられないという事は、本多氏と雖も了解出来ない事はあるまい。

いや、了解出来ないどころではない。氏は立派にそれを了解しているのである。何故かというと、氏は「小説は立派な芸術でなければならない。併し芸術としては詩の方が上である」という意見を述べた後で、更にこう云っているからである。「併し今のこの複雑な現実は詩で現すのは不便で、小説で現す方が便利である」と。（新聞の切抜がないので、文字通りに氏の言葉を引用出来ないのは詫びなければならないが、併しその意味は大体間違っていないと思う。）――消極的ながら、詩の職能との相違に、氏はこうして触れているのである。小説が詩の低い形ではなく、それ自身の独得な使命と性質とを持っている事を、氏は不用意の間に肯定しているのである。

生田長江氏の反駁から見ると、流石に本多氏の反駁には二十年の隔りがある。これで本多氏の頭から旧美学的な芸術観が抜ければ、氏は小説というものの性質をもっと正しく見るようになるであろう。

氏はそれだから半意識的には、われわれの散文芸術論の出立を裏書きしている事になるわけなのである。

〇

素材主義と芸術主義の対立というのがある。私はそういう対立がどういうようにして起ったのかを詳かにしない。又誰が素材派を標榜し、誰が芸術派を標榜しているかをも詳かにしない。どうやらこれも批評家の作った言葉の中にあるので、そんな対立が実際の上で尖鋭化しているわけではないのかも知れない。併しそうした批評家の言葉に現れた二つのイズムの対立も、どうやら散文芸術論議と時を同じくしていたようであったから、或は早合点の批評家の誰かが、散文芸術の性質を闡明しようする人達に、素材主義などという称号をつけてしまったのではないかと思う。そういう早合点はあり勝な事であるし、実際に又伊吹武彦氏が『東京日日新聞』に書いた文章の中には、「素材芸術主義」「芸術主義」「未熟なる散文芸術主義者」というような言葉があったように思う。その切抜が手許にないので、文字通りに氏の言葉を検討するわけに行かないが、泉鏡花を国宝的存在として激賞した後で、その「未熟なる散文芸術主義者」云々が氏の文章の中に出て来たのであったと思う。

私が二タ昔前に散文芸術論を最初に書いた動機は、故有島武郎が「私は自分が泉鏡花氏のように自己の芸術に没頭出来ないのを悲しんだ」と云ったのを読んだ事にあるのであるが、泉鏡花の熱愛者が今も絶えないのに驚嘆する。

さて、そういう余事はさて置いて、散文芸術論の追求者が素材主義者にされてしまったのであったとしたら、此処にも亦前に云ったように反駁者の狭量――相手を向うの端に置いて、なるたけ簡単に解釈することによってやっつけようという、あの狭量が見える。文芸論争を退屈な、つまらないものにして行くあの愚劣なる狭量である。

大体素材主義などというものが成立つか。そんなものは本来的な意味で成立つものではない。唯或限定された時期――それは時代としても個人の進みの上でも云えるが――に於いては、素材尊重が立派な役目を果す時期がある。われわれの散文芸術論ではそれを認めるし、又その事を相当高く買ってもいる。そこが誤解を受けて、素材主義などと云う言葉が飛び出すようになった理由ではないかと思う。

どんな芸術でも多少そうであるが、殊に散文芸術というものは、いつでも新しい現実、新しい人生によって甦生して行く。旧美学が芸術の純粋性や美を、芸術の現実遊離の本能の中に認めたのは一面の真理ではあるが、併しその遊離性のままに雲の上まで飛翔して行ってしまえば、それは終に稀薄になり無力になり、われわれと関係のないものになって行ってしまう。そこでそれは再び地上に下りて来る。そして新しい現実、新しい人生を取入れて甦生する。散文芸術論が旧美学の遊離性や功利主義否定を否定しようというのは、そのためである。そしてこの第二の性質、始終新しい現実から眼をはなさずにそれを取入れて行かなければならないということの芸術の第二の性質の強化が、特に近代の散文芸術を生んだのである。

新しい現実によって始終甦生して行くのは、散文だって詩だって、その他の芸術だって変りはないという事によって、それが特に散文芸術の特色にはならないというような反駁が直ぐ予想される。――そこで私はまずい比喩ではあるが、二タ昔前の散文芸術論に於いて、散文芸術の左隣りは詩であるが右隣りは直接実人生であると云う言葉によって、その反駁に答えて置いた。つまりそれは度合の問題なのである。度合の問題というと、せっかちな論者は直ぐ誤解して、中間は両端の間の不徹底な「途中」であるように取りたがるが、併し中間は中間であって、決して「端」の不徹底な形ではない。中間という独立した境地なのである。右隣りに実人生があり、左隣りに詩があるといっても、散文芸術は実人生と詩との間の不徹底な「途中」や「道程」ではない。それ自身独立した独得の境地なのである。それは丁度赤と青との中間に紫があるが、併し紫は青の不徹底なものでも赤の不徹底なものでもなく、紫という色であると同じである。紫はそれ自身独立した色であって、他の何色でもないのである。

本多顕彰氏が、今の現実は詩よりも小説によって取扱った方が効果的であるという意味の事を云っているのも、それと同じ意味である。――芸術の実人生への密接なる接近が、近代に於いて特に散文芸術を発達させたのである。

さてこの新しい現実、新しい人生を不断に取入れる事によって、散文芸術が刻々に甦生して行くものであるという事は今云った通りであるが、それは徐々に来る場合と急激に来る場合とがある。その急激に来る場合、貪婪に新しい現実、新しい人生を吸収しようとする。素材尊重の形が現われるのはこういう場合であり、それが極端になると、芸術的整理の前にルポルタアジュの必要などが叫ばれたりするのである。

それは一つの混乱状態を醸し出す。

併し新しい現実、新しい人生の吸収と共に芸術の遊離本能は直ちに作用し始める。それだから、混乱状態を別に心配する必要はない。――そこで素材主義などと命名した深切な批評家に向って一言するが、素材の貪婪な吸収は一つの過渡期である。それだから素材主義などという一つのイズムなど決してありはしないのである。そんなものは断じてあり得ないのである。

小説の傑れたものが出るのは、この新現実の仕入期が済んで、現実から程よい距離まで遊離した頃である。併しやがて又その遊離が度を過ぎて来る。そうすると稀薄になり、無力になり、形式的になり、結局無価値なものになってしまう。そこで再び新現実への要望が生れて来る。——新現実との新たな結びつきが起り、素材の貪婪な吸収が起る。そして又遊離して行く。伊吹武彦氏は若い世代の混乱を前にして、泉鏡花を今更讃美するのは、それは氏の好みとして一向差支えない。併し泉鏡花と比較されても、氏の所謂「未熟なる散文芸術主義者」たちは一向痛痒を感じないであろう。

○

北原武夫君の「スタイル論」は、丹羽文雄君が「作者の気質や風格で持っているような小説は嫌いだ」「スタイルや文章に凝るような小説は真平だ」と云ったのに対する反駁として書かれたものであるが、新進気鋭の颯爽とした切れ味がある。

同君とは三四ヶ月前『新潮』の「志賀直哉研究」という座談会で同席し、私が志賀氏に対する私の注文を表白した時、それに対する同君の反駁があったが、併し始めてなので遠慮したものか、同君の意見は細かには聞かれなかった。それで自分はその「スタイル論」を興味をもって読んだが、「志賀直哉研究」の時、細かには語られなかった同君の意見も、この文章でほぼ想像出来るような気がした。

なるほど、北原君の云う通り、丹羽君は評論的云い廻しは得手な方ではない。その云う事に北原君風に云えば矛盾がないことはない。併し「気質、風格、スタイル」を丹羽君が同時に並べたところで、丹羽君の云う意味は解らない事はないであろう。それは「気質」や「風格」と「スタイル」とを同じ種類と云っているわけではない。そうではなくて、「気質」や「風格」というものに対する文壇的評価が気に入らないのであり、それと同時に又所謂スタイリストのスタイル――スタイルが先行して行く例のスタイリストと云ったら見当がつくだろう――が気に入らないのである。

「少し注意深くものを考える習慣をもっている人間なら誰にだって明瞭な事であるが、作家が己れの生来の気質や風格に頼ることと、スタイルを重視することとは、それはまるで反対の事柄である」と北原君はきびきびときめつけているが、丹羽君はそれが同じ事であると云っているわけではあるまい。

併しそんな事は言葉の問題であって、何も重要な問題ではない。結局丹羽君がそうしていろいろな感想を述べている気持は、北原君流に云えば「むしろ丹羽氏自身の裡にあるスタイリストに対して氏が感じ出した不満から直接出てきたものではないか」「氏には不満かも知れないが、丹羽氏自身が結局スタイリストだということである」と片付けられているが、それだけでない、もっと他に何かがないであろうか。――つまり丹羽君と北原君との出発点に違いがあるのではないか。

「こういう認識上の誤謬、文学に生きるとは文学の形式に生きることだということを、実際は製作の上で実践していながら、ただ認識の上で、芸術は結局形式がすべてだと信じ込めないでいるための誤謬は、しかし何も丹羽文雄氏一人には限らない。今日では素材と内容とを混同して考える人間はいないであろうが、それでも形式と内容とを切り離し、小説には形式とは別に何やら『人生内容』というようなものがあるんだと考えたがる傾向が決して絶無になったわけではない」と、北原君は丹羽君及びその他の作家達がそういう誤謬に陥っているというように簡単に云ってのけているが、併し素材と形式との問題を、こんな認識論の初歩のような片付け方をして片付けてしまって好いものであろうか。アリストテレスの昔から近くは中河与一君に至るまで、この問題は始終くり返される問題であるが、形式即内容という事は、一つの芸術品の上では云えても、それで全部が説明されるものであろうか。素材というものを、もう少し考えて見る必要がないであろうか。創作の過程に就いて、素材が形式（内容と云っても好い）に何等かの影響や変化を与えるという事はないものであろうか。

この問題を検討する前に、もう少し北原君の言葉を聞こう。

「人は漠然と精神と言葉とを分け、精神というものがものを考え、これを言葉が表現するものだと思っている。音楽家が音で考え、画家が色で考えるように、作家は言葉でもって考えるものだ。われわれは漠然とした精神というものでものを考えるのではない。言葉でもって物を考えるのだ。思考ということの最も端的な形が、独語という形式であることを考えれば、誰にでも納得のゆくことで、言葉以外にわれわれの考える場所も方法もないのである。独特なものの云い方とは即ち独特なものの考え方のことであり、一人の作家に取っての独自な表現とは、その作家にとっての独自な思考の形式に外ならぬ。作家の独創性というものはそういうものを指すのであって、単に文章に凝る美文家の好みを指すのではない。『私は何も苦しもうと思って苦しんだのではない。私はただ私の苦しみの独創性を尊敬しなければならなかっただけだ』というプルウストの言葉は有名だが、古今のすぐれた作家で彼独得の思考のスタイルを信じなかった作家は一人もあるものではない」

これも前の一般芸術の形式即内容論を、更に文学というものの上で北原君が一歩進めて具体的に説明してくれた言葉であるが、此処でも前と同じく私に不満な思いをさせるのは、精神で考えるのではなく言葉で考えるのは好いとして、「何を」が全然語られていない事である。「で」があって「を」がない事である。――「を」は作家各自の問題だというかも知れない。

併しこの問題は、そう簡単な問題ではない。何故かというと、「を」が「で」に始終変化を与えて行くことを尊重するところに散文芸術の一つの根拠があるからである。

スタイル論者が、素材と内容とが混同されているのを訂正して、形式即内容であり、形式を離れて内容はないと主張するのは好い。それは真理である。併しそんな事は解り切っている事なのである。それで製作というものの全部が云いつくされていると思うのは単純過ぎる。

それよりももっと重要なのは、素材が始終形式に、従って又内容に影響を与えて行くという事である。少し注意深くものを考える習慣をもっている人間なら、素材がなくして果して形式があるかという疑問を何よりも先に心に起すだろう。素材がなくして形式だけが勢込んで飛び歩いたとしたら滑稽である。風船玉のようなものであろう。——そこで素材を直ちに内容という言葉に置きかえてつかう常識が出るのも、そうとがめ立ては出来ないことになるのである。

例のアリストテレスの公園説にしても、水が噴水というフォームに対してマッターであり、噴水は公園というフォームに対してマッターであるという事に間違いはないが、噴水や芝生や土地や、そうした公園というフォームに対するもろもろのマッターがなければ、公園などというフォームは生れはしない。と同時に、マッターに変化を与えれば公園という形式は違って来るのである。見た事がないからよくは知らないが、多分アリストテレス時代の公園と今の公園とでは、マッターが違うから、公園というフォームも違っているだろう。

素材が形式に如何に重要かという事はこれでほぼ解ったであろう。――私が前に散文芸術が絶えず新しい現実を取入れて甦生して行くと云ったのは、文学に於いて素材の価値が如何に必要かという事の証明でもあるのである。素材の重要さを無視している形式即内容説は、旧美学の功利主義を目の敵としたような美の遊離本能説と何処かに共通点がある。物の一面を見て、他の最も重要な一面を見落した説である。

精神で考えるのでなく言葉で考えると云っても、此処でも言葉で何を考えるかという事が最も重要な問題なのである。「言葉以外にわれわれの考える場所も方法もないのである」という勢の好い表現は曖昧模糊としている。それは言葉で言葉を考えるという意味ではあるまい。言葉で何かを考えるのであろう。若しこの曖昧模糊とした表現をもっと解り易く解釈すれば、人は精神の中の一つのケオスを思想と思い勝であるが、併しそんなものではない、言葉で決定したもののみが思想であり、それ以外に思想はないというのであろう。つまり換言すればこれも結局形式即内容論であって、言葉そのものが思想内容であり、それ以外に漠然とした内容はないというのであろう。併し此処でも同じく素材が問題になって来る。この場合素材とは精神の中のケオスと云って置こう。その表現されない混沌がやっぱり重大な役割を演じているのである。何故かというと、素材なくして形式のあり得ないように、その精神の中の混沌がなくして言葉はあり得ないからである。言葉以外に思想はなくとも、混沌がなければ言葉なく、従って思想もあり得ないのである。

この単純な文学認識論から見れば、無意識の世界、半意識の世界を重視する精神分析学は大分進歩していると云って好い。

この精神の混沌世界——つまり言葉というフォームに対するマッターの世界は、刺戟動揺なくして存在する世界ではない。それは外部と隔絶した世界ではない。それは常に外部からの波動によって動いている世界である。もっとも外部と隔絶しようとしてしまえば或程度そうなるし、又外部と密接に関聯しようという意志を働かせれば、また相当外部と始終交流する世界である（無論それは比較的な問題であるが、併し意志如何によって、比較的に過ぎなくともその差は相当大きくなる）。——それで重要なのは、この混沌の世界、マッターの世界の変化は直ちにフォームに、つまり言葉に変化を与えるという事である。

私は今にして北原君と志賀直哉氏に対する理解にくいちがいが出来た意味がはっきり解る気がする。——北原君に取っては文学は表現の問題であり、表現以外の何ものでもない問題であるが、私にとっては文学は表現の問題と共に、その表現は素材の変化によって変って行く問題だからである。私が志賀直哉氏に注文を持ったのは、志賀直哉氏の素材に対する視野の問題なのであるが、北原君にとってはこれが問題にならないので、志賀直哉氏の独自の表現がそれ自身として完璧の世界に思われ、従って絶対のものに思われるのである。

○

「古今のすぐれた作家で彼独自の思考のスタイルを信じなかった作家など一人もあるわけはない」と北原君は云うけれど、併し古今のすぐれた作家の大部分は、彼独自のスタイルというようなものを時々忘れたろうと思う。そういうものを常に意識して持っていた作家は、大したものではない。北原君の引いているプルウストの言葉だって、振返って云った言葉であり、苦しんでいる最中はそんな事は忘れていただろう。

作家の独創性というものを一々心掛けていては、大した独創性は生れまい。大きな作家の多くは、そんな事を忘れている中に、その独創性を生み出したのだろう。

○

さて北原君の云う通り、丹羽君は評論的な云いまわしは大体うまい方ではない。併し彼が散文精神と云い、風格や気質で停滞したくないと云い、スタイルにふん掴まりたくないと云う感想を断片的に洩す心持を、私が代弁すれば以上のような心持なのではないかと思う。「ただ私に判っている事は、この散文芸術に組打ちしている間は、いい加減なところで妥協してはならないということだ」という意気組も、北原君流の文学認識論で解釈すれば、「今までの所謂スタイリスト的なスタイルに飽き足らなくなった氏が、スタイリスト的でないスタイル、スタイルや文章に凝らないようなスタイルで小説を書いて行きたいという、謂わば作家としての新しい願望に燃えただけの話である」という事になるにしても、丹羽君自身の心持では、疲れる事なく素材の吸収をやって（これは実際余程の体力、精神力がなければやれる事ではない）、ややもするとどの作家でも出来るマンネリズムを時々刻々打破し、常に新しく生き、且つ新しく創作して行こうという覚悟なのであろうと思う。——独自のスタイルが出来たか出来なかったかなどは生涯の終りにきまると、そう思っている意気組なのであろう。

○

自分は散文芸術について、かつて書いたものと重複する事は書かなかったので、これでは読者のしっくりした了解を得る事は出来ないと思うが、併しそれはいつかまた埋合せする。それからもう一つ散文芸術と関聯した散文精神についても云わなかった。この言葉は私ではなく、寧ろ『人民文庫』以来武田君の主張した言葉であると思う。この言葉も随分誤解を生んでいるらしい。私自身の解釈は前に書いた事があるが、いつかそれについて詳しく述べる機会があろう。

ただ、併し此処で自分が云いたいのは、武田君や丹羽君はこういう議論には加わらないで、寧ろ創作だけの実践をした方が好いと思う。こういう事を論ずるのは創作力に大した好い影響は与えない。私にしたってその通りである。殊に一番最初に述べた通り、「散文芸術」闡明の方法論の上での論議ならばまだ意味があるが、そうでない立場との論争は退屈で無意味である。——それよりも創作の上での実践の方がずっと好いのである。

犀星の暫定的リアリズム

宇野浩二が「枯野の夢」を書いた時であるから、まだほんの二年ほど前の事である。その時室生犀星がそれを批評して、「こんな力作には親しみを感じない。百枚の力作などというものは、滝田樗蔭と一緒に滅びてしまつた筈だ」という意味の事を云ったものである。

百枚の力作は滝田樗蔭と一緒に滅びてしまった筈だといういい方が、いかにも室生犀星らしいので、私などはひどくその彼らしさを愛読したものであるが、その当時の犀星には、小説はそういう力作などというものではなく、もっと小味の、片隅のなよなよしたような美であったらしい。宇野の「枯野の夢」は枚数こそ百枚以上であったかも知れないが、併し力作などという感じのものではなく、寧ろ宇野らしい哀感の身に沁みる、しみじみしたつつましやかな作品であったのであるが、それでさえ当時の室生犀星には反撥を感ずるような「力作味」の溢れたものに思われたらしい。

ところが、その当時から見ると、最近のあの犀星の驚歎すべき変りようは何という事であろう。

もっとも、彼が「詩」に対する訣別を叫んで、萩原朔太郎と論戦などしていたような時期もあった事を考えると、彼のこの変化も偶然ではない事が理解出来るが、兎に角、最近彼が立て続けに発表し始めたものは、嘗ての彼の詩人的小説とは非常に距離の遠いものである。彼の言葉を借りれば、それは真正面から人間生活に切り込もうとしているものであった。こうなってからの彼の活躍は文壇ひとしく認めるところで、彼と同期の作家達が沈黙勝な中にあって、彼は昨年から今年にかけて、一人で既成文壇を背負って立っている概《おもむき》があった。私は最近或必要から犀星の昨年度の努力を集めた『神々のへど』という短篇集を読んで見たが、その脂切った乗り気加減は、実際最近の文壇に稀に見るものだという感じを新たにした。嘗ての力作嫌いの気の弱さはどこにもなく、それ等の作物は力作の連続である。枚数こそ滝田樗蔭と一緒に滅びたという百枚以上のものはないが、併し「力作」感は別段枚数の問題ではない。

一体何が室生犀星をこのように立上らしたのであろう。何が彼をこのように意気組ましたのであろう。

その原因はいろいろに数えられると思うが、その重要な一つは、壮年期の散文精神が猛然と彼に目覚めて来たためであると云う事が出来ると思う。

室生に限らず、佐藤春夫にしても（この二人は先頃つまらない啀《いが》み合いをしていたが、あんな事は止めた方が好い）初期から中期までのあの「詩」で読ませた時期というものがいつまでも続くものではないという事を私は始終感じていた。――「小説」が「詩」で押せる時期は若い頃である。中年、壮年になって来ると、もう「詩」では押せない。もっとも、そういう言葉は誤解を招き易いから、その「詩」というものをその作者の素質的な、ナイイヴな「第一期の詩の時代」といっても好い。その「第一期の詩」で小説をよませて行くということは、壮年期までは続くものではない。

室生犀星の最近の「復讐の文学」などという感想文を読むと、何といってもやっぱり詩人の文章であるとは思うが、併しその詩的精神は初期の彼のあのナイイヴな「詩」ごころではなくなっている。

この第一期の詩で読ませていた作家が詩から散文に移るのは、並大抵の苦心ではないであろうと思う。佐藤春夫が「話す通りに書く」といっているのも、彼がその「第一期の詩」を捨てようとする心構えと見るべきで、彼がこの数年世話に砕けたような文章で幾つかの不成功な創作を書いたのも、彼が彼の「散文時代」に入ろうとして悩んでいる足掻きの現れと見るべきであると思う。「散文時代」に入らんとして、まだそのスタイルを発見し得ない足掻き。――私はそれを考慮に入れる事が、佐藤春夫のあれ等の作物に対する深切な見方であると思う。

併し室生犀星は室生犀星の流儀で、みごとに彼の「散文時代」に進んだわけである。

こうした壮年期の「散文精神」への飛躍が、室生犀星の最近の作風の変化の内的動因であると共に、彼の取材が現実に肉薄し始めたことには、やはり現代の迫った社会情勢が、彼をはげしく揺り動かし始めたという、外的動因を数えるべきが至当であると思う。

彼の感想「復讐の文学」ではその消息を読むことが出来る。

もっとも、この「復讐の文学」は近頃難解な文章で、その難解さは難解で評判な横光利一の「純粋小説論」以上であると思うが、私は三度この文章を読み直して見て、結局はっきりした論理を、その中から摑み出すことはできなかった。併し論理は摑めなかったが、彼が何を感じ、何を吐き出そうとしているかは、略《ほぼ》感得することが出来た。詩に訣別したと宣言した彼も、結局こうした文章になると、詩人的表現しか出来ないのであろう。

彼は彼流に人生に肉薄し、彼流の切り込み方で人生に、社会に、命がけで切り込み始めたのである。文学は彼に取っては、今や面白可笑しいなどというものでもなければ、単なる慰めなどというものでもない。「力作は時代錯誤だ」と宇野浩二の小説を批評した時のような、そんなのんびりした気持は、今や彼の心の何処にもない。そんなものではなく、文学は命がけで切り込んで行く武器なのである。「復讐」という言葉の正確な意味を、彼のあの文学から摑み取る事は困難であるが、併し彼が「復讐」という言葉で表現せずにいられない気持が、彼の胸にむんむんと渦巻き沸《たぎ》り立っている事は十分感ずることが出来る。

「あにいもうと」「神かをんなか」「チンドン世界」等の作物の基調にあるものが彼のこの感想文をよむと、一層よく理解出来る。

これ等の諸作を昨年度の文壇のよき収穫として、文芸懇話会が横光利一の仕事と共に文芸懇話賞を送って推薦したという事は、当を得たものというべきであろう。

扨《さ》て室生犀星のそれ等の諸作の生れるに至った内的、外的動因を私は甚だ輪郭的ではあるが右のように理解したが、それなら彼のそれ等の作物の客観的意義は何処にあるのであろうか。室生犀星の最近のリアリズムの現代に対する意義はどういう処にあるのであろうか。

それは一口にいうと、甚しく過渡的なものであるといわなければならないであろう。もっとも、どんな文芸作品でも、歴史的にいって過渡的な面を一面に持っていないものはないといえるが、しかし彼の作物は、現代が殊に過渡的であると同様に、殊に過渡的である面を多分に持っている。それは切り込むという。何を目標に？　復讐するという。何に向って？

それ等の切り込む、復讐するは、室生犀星の作家的心理現象としては、そういう言葉を用いなければいられない或迫った気持に達しているらしい事は解るが、併し何を目標とし、何のためにという事になると、彼の作物を読んでも、感想を読んでも、結局はっきりは解らない。

それがどんな意味のものであれ、兎に角切り込みたいから切り込んで行くのだ、その外の事は今暫く考えないで好いのだ、とでも作者が思っているのではないかと思わせるほど、作者は唯真向から切り込む切り込むと力味返っている。その取材は深刻であり、陰惨であり、その効果は兎に角動的であり、ダイナミックであるといえる。併し乍ら全体を裏づけている基調に、何か思索の不足が感ぜられる。何故にこのような作物を生みつつあるかという動機が、はっきり定められずに、暫定的な立場から出発して、躍起といきり立っているかのように見える。

――そこが一層これ等の作物に過渡的な風貌を与えているのではないかと思われる。

室生犀星が最近武田麟太郎の「日月ボール」を批評した中には、彼のそうした心持がよく現れていた。あの「日月ボール」に取扱われた残酷性に、室生犀星は喝采を送っていたが、多分あの少年が少女に加える残酷の精密な描写に、彼は作者の意気を感じ、切り込みを感じたのであろう。併し私はあの「日月ボール」を読んで、何より先に感じた事は、武田麟太郎があの作を書くに当って感じたに違いない心の不安定であった。あの作は前半後半の間に調和が取れていない。その事は他の人も指摘しているし、武田麟太郎自身また先刻承知のことに違いないと思うから、その事については今は触れない。だが、私が此処で問題にするのは、あの作を書く作者の心にある空虚さである。何を目標に、何を目的に、と考えずにいられなかった作家が、その考えの方向を外部的な或圧力によって封ぜられたので、はっきりした作の動機に対する確認という事を心の中で度外視して、或暫定的なものの上に立って一篇の小説を書いているそのニヒリズムである。不安定の上に立っただけ、作者は一生懸命精細な描写をやっているのである。まるで精細に描くことによって、不安定から救われるとでも思っているかのように。

私にはあの作を読んでそこが一番先に感ぜられる。室生が武田の切り込みをあれに感じ、それに向って喝采を送ったのは、室生が今立っている立場が、武田があの作によって見せたものに近似しているからであろう。尤も暫定的であるという点で両者に近似はあるが、武田のは意識的であり、室生のは本能的であるという点で、それぞれの性質は随分違っているものではあるが。この暫定的なものの上に立って、そこから出発しているという事によって、作家達を非難するという事は、或は当を得た事ではないかも知れない。現代の社会情勢がこうした暫定的なものの上に立って、唯がむしゃらに盲滅法に切り込む切り込むといって、きっ先を振りまわしている以外突き進む道がないというようにこれ等の作家達を思わせているとしても無理ではないという事を、考慮に入れなければならないからである。

私はこれ等の文学は、やはり類別すれば、「不安の文学」という名称を附せられるべきであると思う。

一九〇五年の革命運動が失敗してから、次のソヴィエット革命の起る間に、露西亜の文学の基調となっていた不安の文学――露西亜的象徴主義の文学――が基礎を置いた暫定的立場と一味共通したものがあるのが感ぜられる。アンドレエフその他の作家達が観念的深刻さを追求して躍起となって切り込んだその切り込み方に何処か似通った風貌を持っている。人生に切り込む、社会に切り込むといっても、その人生はリアルな人生ではない、その社会はリアルな社会ではない。そうではなくて、それは何か作者の観念の中でむんむんいぶっている人生であり、社会であり、そしてそれに向って切り込むというその切り込みの意気組みも作者の観念的な意気組みなのである。それはリアリズムの表現形式を取りながらも、ほんとうのリアリズムではあり得ない……。

この数年来の日本の社会情勢、階級問題で動いていた急進派の敗退、そして右翼が企てている一つの弾圧――それは急進的左翼に対する弾圧ばかりではなく、穏健な自由主義者の上にもかぶさって来たあの重圧。思想家たちは一種の猿ぐつわをはめられたような状態で、日本の民衆は唖にならなければならなくなりそうなあの重い空気。冷静な意見や論議は禁じられ、一つの旗印の押通る前には、御無理御尤もで人々は道を避けなければならない状態。――それは物を見る眼というものを奪われて行く時代である。

ざっとこういった時代である。何に向って、何を目標として切り込もうという、その目標を定められない時代に、ただ何かに向って切り込まずにいられないという、むんむんした気持をさらけ出したという点で、室生犀星の近作は十分この時代を代表したものと見ることが出来ると思う。

私はこの過渡時代の最も過渡期である現在に、犀星のそのむんむんした「目標なき切り込み」が民衆の心を捉える事を認めるものではあるが、併し室生のそのむんむんさ――目のない動物の足掻きのようなむんむんさは、早晩ひとつの方向を持たなければならない筈のものであると思う。つまり一口に云えば、「切り込む」情熱にみずから酔うに止まらずして、「切り込む」目標をはっきり見つける目が、早晩その作物の中に開かれなければならない筈のものであると思う。

それでないと、無遠慮にいう事をゆるされよ、室生犀星の現在の作物に、先拡がりの発展は望み得ないと思う。その目が開かれた時、始めて室生犀星はほんとうのリアリストになり、ほんとうの散文作家になるのであって、今のままでは「暫定的」という但し書きのついた散文作家に過ぎないと思う。今の目のない情熱は、それの動物的動きが疲れて来れば、自然消滅してしまいそうな心細さを覚える。室生自身今の芸術境が或暫定的なものの上に立っているという事を、はっきり見抜くべきであると思う。

武田の「日月ボール」は目はありながら、目で見る事を封ぜられている人の暫定的立場であるが、室生のは目を蔽われていることに気がつかずに、生活力そのもののような盲目さで、意気組みを稍《やや》ムダ費《づか》いしているように思われる。

室生犀星よ、君の作を精読し、君に対する敬意を新たにした上で、僕が君に対していだいたこの杞憂を冷静に聴いて欲しいと思う。

美しき作家

加能作次郎が死んだ。突如として。

年の割に老《ふ》けた容貌であったし、髪なども随分白かったが、併し濃い眉の間に俗にいう長命のしるしの長い毛が目立って延びていた。丈夫そうな身体ではなかったが、併しこの人は長生きするような印象を漠然と私にいだかせていた。それだから訃報に接した時、私には思いもかけないという感じがした。

何年の間に何度という程度しか私は彼に会っていない。恐らく谷崎精二の細君の告別式以来会っていないのだと思う。

私は数年前の事であるが、加能君が久しぶりで短篇（多分「明暗」だったと思う）を発表した時、このすぐれた併し恵まれない作家についての感想を書いたことがあった。名篇「世の中へ」を中心として短篇集が上梓された時、それは大正十年より前だったと思うが、その読後感を書くつもりでいてそれが書けなかったので、唯推奨するという意味の事を数行読売新聞に書いた事があった。その時以来いつか一度加能君の作風について書きたいと思っていたので、「明暗」が発表されたのを機会に、日本評論に読後感を書いたのである。文芸春秋の「文芸春秋欄」に、誰が筆者かは知らないが、私のその時の文章を取上げて、たとい友情から加能君を推奨しても、それが今の文壇でどうなるものでもないというような事を書いていたのを覚えている。多少の冷かしではあったが、そう悪意のあるものではなかった。

私は一方ではそういう文芸春秋子の言葉の意味を是認しているのである。長い間の文壇生活で、時めく質の作家と時めかない質の作家とのある事もよく承知しているのである。併し時めく作家には無論多くの場合何処かにすぐれたものがあるが、時めかない中にも亦稀には時めく作家には見られないようなすぐれたものがあるという事を、誰かがいわないわけには行くまい。それだから私がいったのである。友情で――無論友情でいったには違いない。併し友情ばかりでは私は作家論をしようとは思わないし、又そういう事をして来た記憶もない。加能君こそは、時めかない作家の中にも亦時めく作家には見られないようなすぐれたものがある場合があると今私がいった、その「稀な場合」に該当するすぐれた作家なのである。それだから私は彼を推奨するのである。

加能君が近頃の短篇を纏めて「乳の匂ひ」という創作集を出すという事を、私がその出版元の牧野書店の牧野君から聞いたのは一ヶ月程前の事であった。私はそれを聞いた時喜んだ。そして牧野君に、「僕はその読後感を是非書いて見たいと思うから、本が出来たら早速一部とどけてくれ給え」といった。加能君の創作集が久しぶりに出ると聞いて、私が嬉しく思ったのは友情かも知れない。併しその友情は加能君の作物に対する愛情に原因している友情である。何故かというと、私は加能君とそう深いつきあいをしている友人ではないし、加能君よりもっと親しい友人の本が出るという事を聞いても、こんなに不思議な喜びを感じた事はないからである。それだから友情よりは加能君の作物に対する愛情といった方がやっぱり適当なのだと思う。

そこにぽっくり加能君が死んだのである。

私は彼の告別式で牧野書店の広瀬君に会ったので、加能君の著作集はまだ出ないのかと訊いた。二十日頃に出るという返事であったが、私はそれではその校正刷があるなら速達で直ぐ送って欲しいといった。——私は加能君についていろいろ考えて見たかったからである。

私は速達で送って貰った校正刷で、加能君の作物をよんだ。大体は雑誌で読んだものではあったが、まだ読まないものもあった。そして「世の中へ」以来の加能君に久しぶりで接し、暫く会わなかったこの友達の述懐をしみじみ纏めて聞かされた気がした。昔から同じ事――彼は相変らず父について語り、母について語り、姉について語り、弟について語り、その親類縁者について語っている。彼が三十年前に「恭三の父」を書き、「篝火《かがりび》」を書き、「迷児」を書き、「世の中へ」を書いたと同じ筆致で、ここにも亦「父の生活」を書き、「母」を書き、「乳の匂ひ」を書いているのである。唯、今までわれわれが彼から聞いた父や母は生きている父や母であったが、併し此処に語られた父や母は既に死んだ父や母である。――つまり三十年間の彼の幾つかの作物で、その父や母はおのおのその生涯を描きつくされたわけである。

私はこの作者の「父」や「母」に現実では会った事がない。併し現実で会った人々のように、或はそれ以上にこれ等の人々の生活を熟知してしまった。平凡で、平和で、善良で、苦しみ、悩み、生きて来た日本の漁村の典型的人物――恐らく加能君の筆によって知ったこれ等の人々の一生の小さな歴史を、私は生涯記憶するであろうが、この平凡な人々の記録によって、何ともいわれぬ美しい縮図を、われわれ読者の脳裏に浮き彫りに刻みつけたところに加能文学の魅力がある。描き方に何等新奇なところがあるわけではない。特に技巧を凝らした跡があるわけではない。寧ろ無造作（といって、加能君のは無造作でないつもりで書いても、それは一つの無造作になる位、特に磨いたり彫琢を施したり出来ない書き方なのだ）と思えるような書き方で、ぽつりぽつりと、それ等の平凡な人物の平凡な生活を語って行くのであるが、それでいて決して凡手ではない。何故かというと、若し平凡な作家ならば、こんな書き方であの珠玉のような「恭三の父」「厄年」「篝火」「迷児」「世の中へ」「乳の匂ひ」は出来上らないからである。一体何処にその魅力の秘密があるのであろうか。それは加能君の異常な正直さと生活に対するやさしい心情とであると思う。この謙遜と正直と愛情とで、彼は彼の周囲と肉親とを見戍って来た。周囲と肉親とをのみ見戍って来たとさえ、その作物の上でいえる。それだけ彼自身の作家としての限度をみずから区切って、その中で時流に迷わされる事なく、彼自身の道をとぼとぼり歩いて来たといえる。

此処に彼の純粋性があると共に、所謂時めく作家になれなかった所以も亦あるのである。彼の同時代には華やかな作家達が多かった。彼の創作の最初は恐らく谷崎潤一郎が始めてデビュウした頃にそう遠くはなかったと思う。併し彼が『世の中へ』一巻を出して、文壇の注目を惹いたのはそれより後れた時代の人々と一緒であった。それだから時代的には芥川、菊池、久米、佐藤、葛西、宇野等と同時代の作家というべきであろう。つまり大正中期の文壇華やかな頃に、彼も亦作家としての地歩をきずき上げたのである。

私はあの当時にもそう思い、今日も尚確信しているが、『世の中へ』一巻はそれ等大正期の華やかな作家達の逸作のどれと較べても、決して優るとも劣るものではない名作集である。これは決して友情でいうのではない。私の批評眼がいうのである。もっとも、それぞれの特色を持った作家達に何も強いて優劣をつけなければならないという理由はないのであるが、「時めく」「時めかない」が批評の尺度となり勝ちなので、こういう事も時にいって見なければならない必要を感ずるのである。殊に加能君の場合には一層その必要を感ずるのである。

加能君は一種の童心を――少年のみずみずしい感情をいつまでも持ち続けていたといって好かった。それが三十年乃至二十年前に、「厄年」「恭三の父」「篝火」「迷児」「世の中へ」を書かせたのであり、又近作の「乳の匂ひ」を書かせたのである。世の中を知り始めた少年の胸の躍るような心は、「世の中へ」に脈打っていたと同じく、五十幾歳になって書いた「乳の匂ひ」にも尚そのままに脈打っているのである。そしてそれ等の作物に出て来る人々の何というなつかしさ。そこに取扱われている人々は必ずしも善人ではないし、中には心臓の太い遊び人上りの中年者もいれば、淪落の淵に沈んで行く女もいる。併し作者の筆にかかると、それ等の人々がみんななつかしい人物となって行くのである。

大正期の作家達は、その芸で、その把握力で、又その人生観で、それぞれ華やかな仕事をし、人々の眼をそばだたしめたが、その片隅で加能君は若し気がつく人でなければその前を通り過ぎて行ってしまいそうな、地味な、小さな、ケレンのない仕事をした。多くの人々が気がつかずに、その前を通り過ぎて行ってしまったとしても、或はそう無理ではないかも知れない。併しひと度気がついて、それをじっと味わって見る人があったら、その人はこの地味な作家の素裸かで何の飾りもない姿に、しみじみとした美を感ずるであろう。舌にとろりとするような滋味を感ずるであろう。

若しも絵画なら、少数の愛好者がそれを愛好するだけでも好いのである。少数者が珍重するだけで好いのである。それでその価値は輝くのである。併し文学だから、それだから、余りに地味過ぎるという事は、なかなかに不便なのである。誰にしたって、好きな画家の絵を床の間に飾って置くように、「厄年」「恭三の父」「篝火」「世の中へ」「乳の匂ひ」の原稿を飾って置くわけに行くものではない。それでは作家に取っても意味がないのである。それだから困るのである。

時めくという事は文学ではどうしても本の売れるという事、読者の数が多いという事と一致する。少数が愛読しているというだけでは、作家は時めくわけには行かないのである。それだから私達がいかに加能君の作物を高く買っても、文芸春秋子のいうような事が一方で成立つのである。それを承認しないわけに行かないのである。

それに加能君自身気が弱く、所謂「時めく」とは凡そ反対の性格をもっていた。彼に「末流作家の悲しみ」と題する作物があったが、そんな題をつける事が既に間違っているのである。凡そそんな言葉は文壇は嫌いなのである。始終「緊張している」「疲れていない」「生命の強さ」などという言葉を最も好む文壇では、「疲れている」「今自分は緊張していない」といっても、軽蔑するのである。況んや「末流作家の悲しみ」などとはゆめいうべきではない。そんな事をいえば、そのまま末流作家の待遇しか文壇は与えないのである。

異常に正直な加能君は、文壇に生きる戦法を知らなかった。いや、知っていたとしてもそんな戦法を彼には取ることが出来なかった。彼が材料の範囲を拡げずに、みずから狭い範囲にくぎったのも、恐らく彼のはにかみからに違いない。

併し彼の幾つかのあの純粋な短篇は大正文壇の珠玉であったという事を、やっぱり誰かがいわなければいけない。それだから私がいうのである。繰返していうが、それは友情からではない。私の批評眼がいわせるのである。

わが心を語る

チェエホフの幽霊

私は二、三年前に「抱月の幽霊」という感想を書いたことがある。私が早稲田に在学中、いろいろな先生に教を受けたが、島村抱月ほど心に残る人はなかった。いや、教を受けたといっても、氏はその頃文芸協会と芸術座との分裂以前で、教壇に少しも興味がなかったと見えて、めったにわれわれの前に姿を見せたことはなかった。私は（自分自身欠席勝ちの学生だったので）、恐らく氏の顔をほんの指で数えるほか見た事がなかったように思う。それだのに、氏が吐く溜息の魅力、痩せた身体の上に載っている頭脳の重さを、両足が支える力を失っているとでもいったような、なよなよした、立っている事さえ得堪えぬような肉体の衰滅の魅力、毎日のように知人或は未知の人から来る手紙に返事を出す興味がなく、さりとて返事を期待している人々には何となく気の毒で、それを済まないと思う心持に始終責められながら、一日二日、一ヵ月二ヵ月、一年二年と、歳月かけて積み重ねられて行く、そういった些細の事からの重い負担に悩んでいるような、疲れた、虚無的な眼の魅力——そうした魅力に摑まってしまったのである。そして松井須磨子との恋愛にしても、ほんとうに恋愛を信じているか信じていないか、自身でも解らないような心持でありながら、醒め切った情熱の仮定に自己を投げ込んで、人生の冒険を実験して行った、手の込んだ、孤独な心境の魅力——実際それ等の魅力に私はすっかり捉われてしまったのである。

だが、こんな行詰りの、それ以上に道の開けようのない、滅びて行く事に喜びを感ずるような魅力に捉われているという事が、私には堪えられないことになって来た。私は抱月の魅力を頭の中から叩き捨てたくなって来た。そして叩き捨てるための自己教訓として、「抱月の幽霊」という、あの感想を書いたのである。

けれども、気がついてそれを意識的に捨てようと思う努力の、ともすれば後戻りして行くわれながら儚《はかな》い弱さ。——私は今でもやっぱり抱月のあの細い眼、疲れた鳥の嘴《くちばし》のように尖った鼻、こけた頰、薄い口髭が眼にこびりついている。

いや、私を捉えているものは、単に「抱月の幽霊」のみではない。あの頃むさぼり読んだ「ツルゲエネフの幽霊」も、「ガンチャロフの幽霊」も、抱月の幽霊と同じように心に残っている。いや、それからあの泣き笑いの魅力で私を圧倒したチェエホフでもそうである。チェエホフも未だに私の心を捉えてしまっている、偉大なる幽霊の一つである。

ツルゲエネフは「人生の幸福とは何ぞや？」と人に訊かれて、「それは悔恨なき怠惰だ」と答えたという。この世界の大文豪といわれているツルゲエネフは、老年になっても家をなさず、友人の仏蘭西の批評家の家に寄寓し、心ひそかにその友人の細君に思いを寄せながら、「人生の幸福とは？」「それは悔恨なき怠惰だ！」などと考えていたのである。

「悔恨なき」——そうだ、この言葉の中に、この孤独な老文豪が、如何にいろいろな反省に、自己を悩ましつづけていたかという事が解る。人生の幸福とは結局日向ぼっこだ、それも悔恨なき日向ぼっこだ、ああ、日向ぼっこさえも悔恨なしには許されないのか——そういった溜息の魅力がある。

「この世に用のない人《スーパーフルアス・マン》」とみずから呼んで苦笑していた詩人の魅力がある——そしてこうした魅力の幽霊が、未だに私を捉えて放さないのである。

世界中で最も頭脳が重かったといわれているこの作家は、その老年に及んでリウマチスの手術を受けなければならなかった。その時、「自分のようにこの世に何の役にも立たない人間は、せめて痛みの記録でも残して置く義務がある」と云って、とうとう麻酔薬を用いずに手術を受け、その痛みを記憶し、そしてフロベエルの「不遇文士飲食会」で、そこに集まった当時の仏蘭西の作家達を前にして、詳細にその痛みについて語ったという。

こうした手のかかった、持ってまわった、どうともならない行き詰りの魅力――自由思想家を以て任じていた彼が、結局こうした狭い、どうにもならない世界まで落込んで行って、そこで溜息まじりに自己の姿を眺めている、その佗しい心持の魅力――つまりそういう個人心理の突きつめから来る魅力の幽霊が、未だに私を襲うことを止めないのである。

それからガンチャロフ! この驚くべき作家は露西亜人の大半の性格に根ざしている病菌を発見して、オブロオモフィズムという名をつけた。朝起きて寝台から起き出ようとして、片っ方のスリッパを片足で探す時間が三十分、それから又もう一つの足でもう一つのスリッパを探すのが三十分、それで起きるかと思うと、部屋の隅に蜘蛛の巣を見つけ、下男を呼ぶ。その拍子に、折角スリッパの上まで持って行った二本の足を、再び寝床の中に引っ込めてしまう。

……

オブロオモフは美しき恋人を持っていた。彼は彼女を愛していた。彼女も彼を愛していた。彼女はオブロオモフの頭の良さを認め、彼の才能と力とを信じ、彼が社会に出て、社会のために働き、戦う事を希望する。けれどもオブロオモフは、そんな忠告に従う気はない。或る日彼女は熱烈にその事を彼に要求した。

「さあ、一緒に、出て行って世の中のために働きましょう」彼女は彼を急《せ》き立てた。

彼女の熱情を見ると、彼は何とか答えなければ済まない気がした。けれども、彼は何か云おうと思っても、口が懶《ものう》くて動かなかった。彼は彼女が唯気の毒になった。そして彼女と向き合っているのが苦しくなって来た。彼はその場を逃げ出そうかと思った。けれども逃げようと思っても、足が懶くて動かなかった。とうとう彼女は悲しげに云った。

「それでは、わたし一人で行きます。……さようなら」

その時始めて彼は「さようなら」と呟いた。

一体そうした人物のどこが面白いのか、と今の若い人々は訊くかも知れない。そうだ、実際そういう人物のどこが面白いのか、と私も自分に反問する。そこから何も生れる筈はないではないか。それは何とも仕方がない行止りではないか――それだのに、私にはやっぱりその魅力が忘れられないのである。それは人間的という意味の余りに放恣な拡大のためとも云い得るかも知れない。右に行っても左に行っても、上に行っても下に行っても、その方向を問わず、その個人心理の徹底味を過度に認めようとする習慣のためかも知れない。――そしてそれは決して聡明な習慣ではない。そんな習慣からは、きれいさっぱりと離れてしまわなければならない。

自分は今は心底からそう思っている。それだのにこのガンチャロフの幽霊も亦絶えず私を襲うことを止めないのである。

私はこの一、二年、築地小劇場でチェエホフ劇の幾つかを見た。「桜の園」「三人姉妹」――恐らく二度位ずつは、これ等の芝居を見ているだろう。十九の年から読み出したアントン・チェエホフは、二十年後の今日になっても私には益々魅力がある。見る度に私は親しみを覚える。その癖芝居を見た帰りには「ああ、もうこれでチェエホフも余りに知り過ぎた。もうこの作家の芝居は見に来まい。彼の小説も読むまい」と思う。「チェエホフの幽霊」からほんとうに離れてしまわなければ、手も足も出ないと思う。泣き笑いなどには用はないと思う。涙のユウモアなどに用はないと思う。いくらチェエホフが人間というものを深く知っていたからといって、彼の知り方からはもう今後学ぶべきものは何もないと思う。

私はこの作家を「臨終に思い出す作家だ」と云ったことがある。いよいよ死ぬ時になって、若し人生の総経験、総体の姿が、一瞬の間に思い出されるものであったら、その時、太陽、月光、空気、青空、それから肉親や愛人などと共に、チェエホフの蒼白き笑いが浮んで来るかも知れないと思う。その位、彼は私の心にこびりついてしまっている。彼がコレラ病が田舎に流行した時、その地方にみずから出張して、自費で患者を収容し、彼等の治療のためにせっせと働きながら、その癖口では、「実際の事をいって、露西亜の百姓の命の一つや二つ、死んだって生きたって、大局に関係はないんだけれど……」などと云っていたという事も、書物で読んだのではなく、ほんとうにその姿を見た事があるような気がしている。マキシム・ゴリキイが彼を訪《たず》ねた時、頰に興奮の色を帯びながら、ゴリキイに向って、国家が小学校教師を虐待している事を憤慨し始めた彼、かと思うと急に調子を変えて「併し小学校の教師も亦小学校の教師です。何というやくざものばかり揃っているのでしょう」と云い出した彼、かと思うと、更に再び調子を変えて、自分の興奮が恥かしくなったもののように微笑しながら、「やあ、これはつまらぬことを喋り出しました。どれ、お茶でも飲みに行きましょう」と立上って、ゴリキイを食堂に導いて行った彼。そして彼の所謂「やくざ者」の小学校教師達にどしどし金をやってしまって、「どうして俺はこんなに貧乏なのだろう」と笑いながら、あの沢山の短篇小説をせっせと書いていた彼。……これ等は現実で実際に会った人々よりも、もっとはっきりした、その時その時の顔の表情までをそっくり見たもののように、私の胸にこびりついている。

それは淋しき聖者の姿である。亡びて行く時代をどうするというような、そういった積極的な動き方はせず、静かに挽歌をうたっている隠者の姿である。人の命の儚さと、人生の徒労とを説いている世捨て人の姿である。――実際、こうした静かな姿のままで、別にその思想を無理強いしない作家の影響は恐ろしい。思想を以ておそって来る作家達の伝染力には、それに染むにしても染まぬにしても、われわれは意識的に対せる。ところが、チェエホフのような作家は、いつの間にか知らぬ間に、じりじりとネダに浸み込むように、われわれの心臓に浸み込んで来る。「臨終になって思い出す」と云ったのは、私のチェエホフに対する頌歌だった。けれども、臨終になって尚彼の事を思い出すに違いないとしても、併し生きている間、終始彼の事を思い出していることはもうやり切れない。

そんなものを思い出していたら、実際この世に生きて行く上に、始終我が手で我が身を縛っているようなものである。――私は私の人生観の上に食い込んでいるチェエホフの幽霊を、がむしゃらに捨て去らなければならない。

最近ソヴィエットでチェエホフの芝居を禁止したという事を聞いたが、露西亜通でない私はその真偽の程は知らない。併しそれを聞いた時、私は政治的専制が芸術の上に、そんな風に及ぶという事に、最初は不愉快を感じた。けれども又考え直してみれば、それが是認出来ないものではない。私がチェエホフの魅力から逃げ出したい、逃げ出さなければ、新しい生活に這入って行かれないという事を、個人的に感ずる時期に到達したのが、自分で是認出来るとすれば、一つの国の一つの時代が、チェエホフ的魅力の有害を主張する事も亦是認しなければならないのは当然のことである。

その生きていた当時の露西亜に絶望しつくしていたチェエホフは、「二十年もしたら露西亜は良くなるだろう」と云ってにこにこしながら死んだという。扨《さ》て露西亜は彼の予言通りに、彼が生きていた当時の露西亜ではなくなった。そして尠くとも良くなる意思によって（彼の時分には虚無と絶望とにその萌芽は掻き消されていたのだが）、今動きつつある。その新しい露西亜は、この悲しげな予言者の仕事を、有害と認めて禁止した。彼は墓場の蔭でそれを見ながら、或は「そうだ。俺の書いたものは有害だ。俺の書いたものは新しき諸君に取っては何の役にも立つものではない。どうか僕などの事は考えずに、どんどん進んでくれ給え」と云いながら、例の善良な微笑を浮べているかも知れない。

（もっともチェエホフが「二十年もしたら露西亜は良くなるだろう」といってにこにこしながら死んだというのは、決してソヴィエット露西亜の出現を予想したのではあるまい。メレジュコウスキイなどと同様に彼は一種の西欧主義だったところが多分にある。彼の二十年後に露西亜が良くなるというのは、その西欧主義の方向への希望だったかも知れない。)

扨て、わが最も敬愛するチェエホフの霊よ。私も亦君のその悲しげな笑い、君のその聡明な、澄み切った、そして善良な心臓に、もうつくづく飽きが来たのだ。君の存在を知ったという事が私の心を高めてくれた事は確かだが、それと共に、私がどうともこうとも出来ないところに落込むのをも君は確かに手伝ってくれた。――そこで、君は死んだからもういいが、生きている私は、どうしてもこの行きづまりの穴の中から這い上って、そして後れ馳せながら、君の時代とは違った意思で、改めて今の日本を見直し、その進むべき方向を見つけ、それへ向って進んで行かなければならない。

いつか又違った心持で、君を見直す事が出来る力が私に湧くまで、どうか君の幽霊をして、僕をおそわしめないようにして下さい。

久米正雄の挨拶

昨年の秋、ちょうど私の父が死んだ時のことだった。沢山の文壇の知己友人達が、通夜の晩に来てくれて、亡き父を送ってくれた。その中に久米正雄夫妻も見えた。私はちょうど久米の洋行の噂を耳にしていたので、彼に向って云った。
「いよいよ外国に出かけるんだってね」
「ああ。まあ行くことにしたんだがね」彼はそういって、それから私の顔を眼鏡の底からじっと見て、そして彼特有の笑顔――微苦笑を浮べて、「だって、それより仕方がないだろう。ね――」

私は彼の声と彼の微苦笑とに寂しい影を見た。父の死が私を寂しくしていたところだったので、私は彼のその影を感ずると黙ってうなずいて、そのまま彼から眼をそらしてしまった。――だって、それより仕方がないだろう。ね。――私はそういう彼の心持が解らない事はないような気がした。

その後彼の送別会の晩だった。多くの人々が久米の首途《かどで》を祝って、いろいろのテエブル・スピイチをやり、彼が外国に行くについていろいろの忠告をし、いろいろの注文をし、そして彼が持帰るであろうところの収穫に対し、いろいろの期待を述べた。

それ等沢山の賑やかな言葉を少しうつむき加減にして聞いていた久米は、やがて人々のスピイチがすっかり終ってしまうと、それに答えるために立上った。彼特有の微苦笑は、相変らず彼の血色の好い顔に浮んでいたが、併し彼の姿は妙に寂しかった。どこかに孤影悄然といった形があった。彼は云おうとする言葉をはっきり摑もうとするように、一語々々につかえながら、音声だけは併し彼の例の朗らかさで、

「今皆さんからの、いろいろの御忠告を聞き、いろいろの御期待を聞きましたが、併し今私が外国に行こうというのは、皆さんの云われるように、そこに希望を抱いてといったようなものではないのであります。何と云ったらいいか、云ってみれば、尻尾《しっぽ》を巻いて逃げる、といったような心持なのです。あらゆる意味で、私というものが、一つの行きづまりに来ているためなのです……」という意味の言葉を述べた。

私はその言葉を聞きながら、彼の正直な告白に、ひどく同感されてならなかった。私の父の通夜の時、「だって、それより仕方がないだろう。ね――」と彼が云ったのと同じ心持を、彼は今違った言葉で、その時よりも詳しく、ここで説明しているのだった。「尻尾を巻いて逃げる」「あらゆる意味で、私というものが一つの行きづまりに来ているためなのです……」それ等の言葉は、彼の正直さのために、真摯な響を以て私の胸に迫って来た。

その時、そこには文壇の諸家が沢山居並んでいたが、それ等の人々の胸に、彼の言葉がどんな風に響いたか、私は知らない。併しちょうど私達の年代――大正五、六年から八、九年頃までの間に、文壇に出た年代の人々――われわれと同年代の人々の心には、それが何等かの形で

或る同感――尠くとも成るアンダスタンディングを与えたに違いないと思う。

自然主義の後を受けて文壇の矢面に立った人々、ちょうど、今中年期に達した或る一団の作家達は、総てめいめいの独自性といったものを磨けば事足りるような、一つの自由主義時代に育った人々だった。彼等はめいめいの生き方で生き、めいめいの磨き方で芸を磨き、そしてめいめいの独自性を最も強く、最もはっきり出す事に力を注ぎ、そこに信念を持っていた。

十年乃至十四、五年の間彼等はそうして彼等の道を踏んで来た。けれども、彼等はその十年乃至十四、五年の間に、それが果して自己を磨いて来たのか、それともすりへらして来たのか解らないような疲労を覚えて来た。

実際個性の独自性とは何なのであろうか？　自己の特色とは何なのであろうか？　そもそも自己とは何なのであろうか？　或る時は結局生活とは自己の探究のほかにはない、などと云った人々もあった。自己万能、自己の中には総てのものをうつす鏡がある。自己を掘り下げてぶつかる以外に人間の事は解るものではない。社会の事は解るものではない。人生とは已れ自身を知る道だ。そんな風に云った人々もあった。

そこで、めいめいがめいめいの思う通りにやってみたのだ。その形、行く道は違うが、併しめいめいその独自性を探究する旅に出かけた事は同じだった。私も亦その同じ信念の下に自分の道を歩いて行ってみた。私の道は、さあ、何と云ったらいいか、自己というものの本体はどこにあるかと思って、一枚々々自己のかぶっている皮を剝いで行く、といったような行き方だった。私は時々自分で自分を省みて、「こんな風に自己というものの一皮、一皮を剝いて行ったところで、どうやらそこに何も生れて来るものではないではないか。ちょうど一皮、一皮ラッキョウの皮を剝くようなもので、結局、剝いて剝いて行った最後には『無』のほか何も残るものではないではないか」と思ってみたものだ。

けれども、人間というものは、自分の歩いて行く道が平路であれ、嶮路であれ、それが苦しかれ、愉快であれ、何とかして自分の道を是認しようという性向を持っている。そこに持って来て、例の個性の探究癖である。独自性の発揮癖である。これが自分の経験して行く道だと思う事に或る張りを感じようとする意地である。——そうしたいろいろの心持の押し進めが、次第々々に私を前へ前へと進めて行った。そして結局眼の前に見えたものは、虚無の洞穴だった。

いや、そこには辿りついて見れば、われわれの先達が既に幾人もいたのだった。私が「チェエホフの幽霊」で述べた人々は皆その先達だったのだった。島村抱月、ツルゲエネフ、ガンチャロフ、チェエホフ——それ等の人々が私を慰めた魅力は、総て彼等の心臓の優しさ、温かさだった。彼等の物慾のなさ、彼等のつつましやかさ、彼等の上品さだった。

それは総て美徳として賞めたたえられるべきものだった。尠くとも、われわれが在来持っていた世界観からは、「善」という形容詞、「美」という形容詞をつけなければならないところのものだった――そして実際美徳と呼ばれ、善徳と呼ばれていたから、尚悪いのだ。

真理が相対的なものであり、従って時代的なものであるという事を、ほんとうに理解するという事は、なかなか骨の折れる仕事である。われわれが或る時代に真理と思い込んだものは、それが実際相対的なものに過ぎないものであっても、ついそれを絶対的のものとして信じたがる。今日の「美徳」が明日の「悪徳」の萌芽を十分に含んでいても、それが明日になるまでは、その真相を見る事をつい拒否したがるものである。

けれども、そうした真理固執の半面には、又不思議に、それと反対な心的現象をもわれわれは経験する。十五歳の時には真理と思えず、莫迦々々しくさえ感じたものが、二十五歳の時にはいつの間にか真理と思え、又二十五歳の時には到底そんなものを認める筈のなかったものが、四十歳に達するといつの間にかそれを認めるようになっている。それとちょうど同じように、時代に於いてもそういう事が云える。十年前には、それは真理を汚すものであると思われていたものが、十年後にはその汚すものそのものが真理であって、真理であったところのものは、新しき真理に取っては、それの発展を阻止する障碍物に過ぎないと思われて来る。

自己の皮をひん剝き、ひん剝きして行って、終に「無」に達したラッキョウの「虚無感」――それを人生の真相と思っていた私が、それに不安を覚え出したのはいつ頃であったか。そして島村抱月の「溜息」、ツルゲエネフの「日向ぼっこ」、チェエホフの「泣き笑い」に面をそむけて行かなければならないと思い出したのは、いつ頃であったたか。兎に角いつとはなしに、私の心の「真理」観は動揺を覚えて来、昨日までの親友の姿が「美」や「善」と見えなくなり、否、寧ろわれをみだす「悪徳」の名に於いて呼ばなければならないものに思われて来たという事は、尠くとも四、五年前には予想もつかないことであった。

けれども、嘗ての「真理」観に動揺を覚え始めて、新しき道が確かに存在しているという事を感じ始めた時、扨て振返って見ると、何と自分は遙かに今までの道を歩いて行き過ぎてしまったことよ。

自分が今までして来た努力、自分が受けて来た教養――それ等が何という執念深さで、自分の心に、身体にこびりついてしまっていることよ。われわれが青年時代から学んだもの、知ったもの、それはみんな欧洲文明の行き詰りそのものだった。われわれは青年期の更新性によって、ちょうど十九世紀末の欧洲文化を殆んど憧憬をもってさえ取入れたのだ。われわれに取って、新しき興味の対象であったものは、欧洲に取っては、もう更に新たなものに代らなければならない行詰りそのものだったのだ。――つまり、われわれは行詰りそのものを学んだわけだったのだ。

学べば学ぶ程、それは今から思えば、悪かったわけである。知れば知る程、今から思えば、行詰りの度を強めたわけである。――扨てそれ等の総ての心身にこびりついているものをすっかり洗い落して、もとの白紙に帰るという事の、何と努力の要ることよ。

行き道に疲れなかった足は、そこから引っ返そうとする時、如何に疲れているかが、はっきり解って来る。

正直にいって、私の心は今その疲労と、洗っても洗っても洗い落ちて行かない過去の汚染とに悩んでいる。

天よし、地よし、前よし、後よし、左よし、右よし、この不秩序な自由主義が、何と人を虚無にしか陥れない不自由主義であった事を知った時、私は私の周囲に、それ等の自由主義が信奉した過去の真理「独自性」の名に於いて、めいめいの道を歩いて行った人々がそれぞれの行き方で、皆くたくたに疲れ切ってしまっている姿を見る。「神」の聖壇にかしずいていた作家、「人類」の聖壇にかしずいていた作家、「悪魔」の聖壇にかしずいていた作家、「個性」の聖壇、「芸」の聖壇にかしずいていた作家、それぞれがそれぞれの行き方で疲れ切っている。中には疲れていない人々もあるが、併しその疲れていない人々の昔ながらの作物を見せられる事に、彼等と同時代だったわれわれが最早疲れて来ているのである。——何故なら、その行き止るところが解っているから。

芥川のあの自殺、自由主義が次のものに転換しなければならない、その転換を前にしてのこのチャンピオンの自殺は、結局、過去の文化の重荷に動きの取れない、それ故に神経のすりへって行く、或る一団の作家達の苦悶の最も顕著の現れだった。「点鬼簿」から「歯車」に至る、彼の最後の諸作は過去の文化の地獄篇である。

扨て、私は久米の洋行前の挨拶を持出して、随分長々と自分の感想を書いた。が、それは久米のあの時云った言葉が、単に久米一人の言葉と思えなかったからである。

何事にも興味を持ち、いかなる事にも理解を持ち、いつまでも物を見究めようとする青年の心持を持っていると想像されていた久米が、やはり彼は彼の行き方で、「行詰り」を感じ、「尻尾を巻いて逃げる」ような心持になっていたという事を知った時、私は人事でない佗しさを感じたのである。

併し誰にしても、いつまでも自分を疲れさせたままにしていていいものではない。行詰らせたままにしていていいものではない。——久米にしても私にしても、ちょうど今四十歳を前にしての心身の変動期である。世俗に云う「中折れ」——その時期である。生理的にいっても、何という事なく疲労を感ずる時代である。この時期を突破すれば、精神の上にも肉体の上にも、最も力のこもった時代が来なければならない。

「疲れ」を感じている時に、歩いて行った道を引っ返す事が、とても堪えられない骨折りに見えても、「疲れ」が癒えれば、それは何でもない事になるかも知れない。

いや、「疲れ」という言葉が悪いのかも知れない。先ずこの言葉を、我等の「字引」から抜いてしまう事にしよう。

医学の語るところに依ると、「疲れ」は疲労素という物質のためだそうだ。そして人間の体内には、又その疲労素を食いつくす他の物質が絶えず湧き、それが疲労と戦っているのだそうだ。

われわれはわれわれの「疲労素」を食いつくすところのその物質に信頼を置こう。そして過去を振切って新たな一歩を踏み出そう。

政治的価値あり得るや

小林多喜二氏の「暴風警戒報」を読んで、恐ろしくざらざらした、目の粗い作品だと感じた。文芸の政治的価値、芸術的価値の問題は昨年の文壇を賑わした問題であったが、そして何でも政治的価値一元論の方が、坊間伝うるところに拠ると、終に勝利を占めたという事であったが、恐らくその政治的価値絶対論的立場から、この「暴風警戒報」は書かれたに違いない。何故かというと、これは尠くとも芸術的価値をその目的に置いて書かれたものでない事がはっきりしているから。従ってそれとは違った価値、功利的価値――つまり政治的価値万能思想によって安心して発表したに違いないという推論が成立たないことはないから。自分は小林氏の作は今までに「蟹工船」「不在地主」の二つを読んでいる。そして自分は感心もし、不満も感じ、併し総括して現在の文壇では最も注目すべき作家の一人であるということを感じていた。取材の苦心、それを構成するに当っての細心な注意力、表現上の一方ならぬ用意周到、そして思想問題は別として、文学的だけに云っても勇敢な誠実な冒険心――それ等が自分に十分な興味を与えた。

けれども「暴風警戒報」には以上の二作にあったような、ジミな、根気を要する努力は少しも払われていない。そればかりでなく、何より一番作家として悪いのは、素材を表現するに当ってのタカククリである。鼻の先に妙な得意をぶら下げていることである。「どうだい、この位で気の弱いインテリ共は吃驚するであろう」と云ったようなコケ嚇《おど》しの心持が先に立っていることである。

だから、これは「創作」というようなものではなく、相手の度胆を抜いてやろうとして手振り身振りをやる大道演説のようである。

書かれている素材の点から見れば、これは氏のような立場にいる作家が、現在に於いて最も書く必要のあるテマがその中にある事がよく解る。野口という一人物を出して、プロレタリアの行く道を説かしているのもよく解る。大山郁夫氏等の行動に対して、野口の云っていることもよく解る。

けれども、それだけなら一つの論文でだって云えない事はない。いや、寧ろ論文の方が端的にその核心を摑むのに便利であるとさえ云い得る。

若し政治的功利主義の手段として「創作」の形式を択んだのだとすれば、論文では云い表せないものを、もっと出て来る人物達の生活の全体に亙っての、全面的な具体的なものを描かなければならない。他の作品でそれを描き得る手腕を十分に示している氏が、それを描かずに、唯威勢の好い得意さで、ざらざらとした、手薄な、思い上った饒舌でまくし立ててしまって、平然としている心持が到底解せない。

もっとも仔細に調べて見ると、なかなか道具立てなどは揃ってはいる。道具立てに注意を払っているとは云えないが、売笑婦達の出し方、夫婦喧嘩の出し方、その他いろいろ作の効果を助けるに役立つものを使ってはいる。けれどもそれ等の道具立ても、こうしたら作の効果に役立つ筈だと思って持出しているだけで、ほんとうに役立ててはいない。ほんとうに役立てるにはこんなに作者が取材に対して思い上り、タカをくくっていては駄目である。タカをくくっているから、それ等の道具立てが一つも真実な存在をもって迫っては来ない。唯論文の中の「引例」程度にしか感じられない。

失業者が夫婦喧嘩をする。併しそれを持出す作者は、唯「彼等は喧嘩の相手を間違えているのだ」という言葉を書きたいために持出すに過ぎない。

そしてこの作が表している粗野は、今までの文学の伝統を無視して、全然新しいものが始まろうとしている場合に必然に生じて来る、あの素朴な粗野ではない。何もかも知っていながら、タカをくくって鼻の先でやっつけてしまえと自惚れている、知識青年の思い上りの粗野である。創作家が創作というものに本気に直面する気持を失った場合に犯す粗野である。

この中にはいろいろ引例されている面白いエピソードがあるが、作者が思い上った運動者達を戒めるために用いるその中の一つを此処に引っぱり出して見よう。——作者の文章をそのまま引く。

「ロシアにこんな事がある。地下室で非合法のプリントを刷っているある同志は、そればかり四年も、五年も、六年も続けたのだ。彼はそしてその刷ったものを地下室の出口まで持って行けばいい。出口には又別な同志がそれを上の出口まで持って行く。——それを続けたのだ。六年目か七年目に、その地下室の同志が出口までプリントを持って行きながら『同志よ、我が党の情勢はどうなっているのだ』ときいた。出口の同志は云った。『俺にも解らない。俺の大きな任務はこの党の生命とも云うべきプリントを出口まで運ぶことだ。そして俺はそれを七年、一つの手落ちなく運んでいる。それしか俺には解らない。そしてそれでいい』」

この話は面白い話である。作者が感心しているように、私も或感動を受ける。実際一つの運動の達せられるためには、こうしたジミな蔭の真実が必要である。そしてこれは何もこのプロレタリア運動ばかりではない。傾向や思想は違っても真実は同じことである。

古来いろいろな大事が仕遂げられた場合には、蔭にこうしたジミな真実があったのである。傾向は違っても真実は同じ事である。神崎与五郎が雲助に青痰を引っかけられながら腹の虫を押えて詫証文を書いて渡したというような伝説も、それが何処まで信じられるかは兎に角として、やっぱり大事を背負っている人間の心構えを説いたものである。直ぐ警官と乱闘して、小侮辱、小軽蔑にも神経を反撥させる輩に大事がまかせられないのは、昔も今も同じことである。

そこで、作者は作中の人物野口の口を籍りて、上のエピソードの後にこう云わせている。

「もう俺達の運動形態もここまで来ている。これが俺達の運動の唯一の形態なのだ。大山(註。大山郁夫氏)にこのプリント運びになる覚悟か、とききたいんだ」

そして更に附加えて作者は云っている。

「もう俺達にはモノを覚えている学者や名士や、演説をしたがる、名を売りたがるプロフェッサーなど――早大教授や、帝大教授や、法学博士、弁護士など要らなくなって来るのだ」

――「無産運動に於ける名士を清算せよ、だ」

まことにその言やよし、と私も云いたい。これ等の言葉を云わせている野口という人物の口から実際に出た時、そこには恐らく真実があったことであろうと私は想像する。併しそれ等の言葉を此処に取入れているこの作者のこの創作は、果してこれ等の言葉に対して恥かしくないであろうか。

「創作」の道だとて決してアダや疎かに出来る、タカをくくって過せるものではない。三年も四年も五年も六年も七年も、非合法のプリントを刷っていた「同志」、それを出口まで運んで行った「同志」、黙々としてジミな、人目につかぬところに異常に持続する努力を惜しまない「同志」——殆んどそれに近い努力が必要なのである。「演説をしたがる、名を売りたがる名士」意識などはこの道にも害こそあれ何の役にも立たないのである。——無論この作者が「名を売りたがつている作者」でないことは私は十分承知している。それはいつであったか、この作者が或雑誌に、ブルジョワ雑誌の流行児になって得意になっているプロレタリア作家をやっつけた感想を発表していたのでも、その心栄えをちゃんと私は記憶している。けれども「演説をしたがる」程度の或思い上り、或英雄意識はどうもこの作者に皆無とは云えない気がする。

その証拠はつまりこの創作——「暴風警戒報」である。この作のリズム、この手振り身振りの大道演説口調である。

自分は実際運動家としての氏が何をやっているかを知らない。氏がプリントを六年も七年も黙々として刷り、出口までそれを運んで行く人であるかどうか、それは知らない。けれども、私達が携わっている文学の道では、氏がこの作に示しているような演説口調、英雄意識、はでやかな思い上り、作家的用意の軽視（結局これ等は皆同じ事だが）は、やっぱり「清算せよ、だ」であろうと私は思うのである。

二

併し私のこの文章の目的は、小林氏のこの「暴風警戒報」の創作としての不完全さを攻撃するところにあるのではない。そうではなくて、この作が目指していると想像される、そしてそう想像される以外に、この作が発表された理由がないかと思われるところの、その政治的効果——それが果してありや否やという疑問を提出したいところにあるのである。

だが、その疑問を提出する前に、もう一つ徳永直氏の「失業都市東京」について語る事にしよう。この「失業都市東京」の作者は「暴風警戒報」で小林多喜二氏が示したよりも創作の芸術的効果を念頭に置きながらこの作を書こうとした事は確かである。如何にも大作に取りかかっているという意気込み、コンポジションの上に現れている力作感、それ等はこの作者の芸術的修飾慾とさえ思われるような或心ばえを示している。

試みにこの作の書出しの一端を左に示して見よう。

「たとえば、打返して来る波の力が、しだいに弱くなり、遠くなり、沖合へ、沖合へとひいていった潮が、浜辺にとりのこしていった海草や、貝殻や、珍奇な小動物のように、小石川田圃『太陽のない街』に、『悲惨な追憶』と『笑えない喜劇』と『幾つかの恋物語』とだけが取残された」

こう云った調子である。これは同盟罷業の過去った後の「太陽のない街」なる小石川田圃の労働者街の種々相を描こうとした発端なのである。何と初期のゴリキイなどの意気込みに似ていることよ。

さてこの「失業都市東京」の作者は、その発端と同じ力作的意気込みをこの作の随所に示している。恐らくこうして肩を張りながらこの一篇を書きつづける事は、骨の折れた仕事であったろうと想像される。私は作者のその一所懸命さに好感を持った。併しその一所懸命さのために、描かれたものは寧ろ固くなり、作物の流動性が失われている。そして流動性が失われているから、人物など一向生きて来ない。もっと平気に、固くならずに、書けそうなものだのにと思う。

併し作の出来栄えや技巧についてはここでは論ずる必要はない。この作を書いた作者の意図、目的、素材についての作者の心持に直接にぶつかろう。

これは一口に云うと、或印刷会社の同盟罷業が破れて二千人の職工全部が馘首され、そのために生じた失業者の群を描いたものである。

初め同じ革命的意志を以て同じように動いていた「同志」の多くが、失業からの生活苦が次第に深刻になるにつれて、ぽつりぽつり反動的になったり、「社会民主的」になったりして脱落して行く。最後まで左翼的意気を以て戦い抜こうとするものは、極めて少数になって行く。年齢から云えば中年者が弱く、年少者が強い。家族を持ち、生活の負担を重く背負っている者ほど早く現実の苦痛に負けて行き、「不当」と戦う熱情を失って行く。それに引換え、年少者即ち「雛《ひよ》っ子たち」だけは何処までも革命的熱情を持ちつづけ、戦闘的意志を持ちつづける。恐らく此処が作者の最も力を籠めて描こうとしたテマの横たわるところに違いないと思う。そしてこのテマは、恐らく作者がそうした実際運動を見て、(或はその運動に参加して) 現実的に摑み出して来たところに違いないと思う。

そして又此処にこの作の功利的使命——政治的使命があるに違いないと云う事が想像出来るし、この傾向の作者として此処にこの作の目的を置いたのが、自然であるという事もうなずける。

（前に云うのを忘れたが、小林多喜二の「暴風警戒報」では、真の運動は工場を根城にしなければならない事、インテリや自由労働者では駄目な事等を説くのがその目的の一つであった。「失業都市東京」では真に働けるのは負担の軽い、従って情熱に身を捧げ込み得る「雛っ子」たちである事を説いている。ここ暫くこの派の作家達はこの種のテマを摑んで、それによって創作しようとする事であろう。）

扨て、そう思って、それからこの作の全体を考えて見ると、果して作者の意図した目的が達せられているかどうかという事が疑問になって来る。何故かというと、その年少者「雛っ子」達の熱情が少しも具体的に描かれていないからである。寧ろ家族を抱え、負担の多いために、目の前の生活苦に次第々々に負けて行く中年者の無力の方が具体的に描かれているからである。そしてその事は読者として寧ろ目前の生活苦に家族をかかえて軟化して行く中年者の方に必然さを感ぜしめ、いつまでも革命的気分を持ちつづけている身の軽い「雛っ子」達の元気に、実感の乏しさを感ぜしめる恐れがないとは云えないからである。

私はこの点で作者に或同情を持つ。というのは、年少者の熱情を具体的に描く事が、目下のところいろいろな障碍によって不可能である点もあるのであろうと思うからである。先ず第一にこの作で説明を許されない「党」――作の裏側にその本体を朦朧とせしめられている「党」の正体、それはまるで幽霊のようである。そこからどんな指令が出るのであるか、どんな風にそれが成立っているのであるか、それが目前の中年的失業者の弱い苦しみなどに涙を流す事を禁じて、冷然とした態度で何を目論んでいるのであるか、全然描かれていない。恐らく描くわけに行かないのであろう。併し描かれていないから、この作の上ではそれは唯の幽霊である。従って幽霊の正体が解らないから、その幽霊を絶対的に信仰している「雛っ子」たちの熱情も亦一向解らなくなって来る。

無論想像のつかない事はない。併し肝腎要《かなめ》のところに行って、迷宮に入ったような、狐につままれたような感じがする。従って上に挙げたように、作者の意図とは逆に、朦朧とさせる必要のなかった中年者の変節の方へ、寧ろ或読者の同感は誘い込まれて行くかも知れないと懸念されるような結果になってしまっている。

この場合、この作の持つ政治的価値は果してどういう事になるのであろう。

この質問は少々野暮な質問であるという誹《そし》りを免れないかも知れない。けれども政治的価値一点ばりで物を云っている論者には、こうした具体的な問題を捉えて質問する事もそう失礼には当らないと思う。

或部分を作者の望んだ通りに、現在の世では書く事が出来なかったという事は、われわれの想像するところである。われわれが想像するからこんな質問を出す気にもなるのである。そういう想像のつかない人々には、この作は作者の意図とは違った感じを与える恐れがない事はない。としたならば、この作の存在理由は、政治的価値一点ばかりで作品を論ずる論者からは抹殺されてしまわなければならないであろう。何故かというと、功利的使命を果すべき筈の作品が、それを果さないのみか、寧ろその使命を裏切る事に役立っているからである。最初の動機如何にかかわらず、功利的効果をねらったものならば、その効果があってこそ存在理由があれ、効果がなく、その反対ですらあったら、実際その創作は政治的価値一元論者にはゼロか、或はゼロよりも尚悪いものでなければならない。

私が疑問を提出するためにこの文章を書き出した目的の急所は、この点にあるのである。

三

こういう例はこうした傾向の作物には幾らもあり得るに違いないと思うし、又実際にあると思う。或政治的使命を以て書こうとしても、現代の「政治」が支配している機構の中では、それを十分に書くことは出来ない。若し書いてもそれは「法」によって抹殺されなければならない。そうして書く事が出来ず、或は書いても「法」によって骨抜きにされて、その最初の目的を達することが出来なかったら、果して発表する必要があるであろうか。

「暴風警戒報」の如きも、あのひとり合点の早口は、やはり書くことの出来ない点から来ているに違いない。その点は作者の怠慢ばかりではない。プロレタリアの「党」は唯ひとつしかないと断言する。併しその「党」の組織を書く事は出来ない。それで断言と絶叫ばかりやっていなければならない。そこは同情する。

併しこの事は、そんな生優しい程度のものではなく、もっと極端な場合も想像出来る。現在の為政者は言論の生殺与奪の権を握っている。それだから今の政治に都合が悪ければ発売禁止も喰わせもすれば部分的抹殺もする。（如何に××とか△△とかの伏字がプロレタリア小説に多いことよ）それればかりならその作の発表を阻止するか、その作を骨抜きにするに止まるが、一歩を進めてその中から現在の政治に役立つもののみを生かし、他の部分を全部抹殺する——つまり作者が示そうとした功利主義を逆用する事さえ出来ないとは限らない。殊に発表する機関が主として現在のように合法的に動いて行こうとする雑誌や新聞であって見れば、為政者の手はそこまで延ばそうとすれば延びない事はない。そういう場合、これ等の傾向の作者たちは、恐らくその作品を発表することの意義を失うであろう。それればかりではない。こうした運動の暴露小説にあっては、作者が若しその作品を書くことに真実であるならば、寧ろ運動に取って都合の悪い部分をも、時によると書かなければならないような気持に遭遇するであろう。そういう場合、余りに真実に書く事は「敵」に向って味方の策戦を知らさなければならないようにならないとは限らないであろう。真正直に書いたら、「秘密」を暴露しなければならない結果にもなるであろう。

勿論作品の政治的価値万能を以て作家的信条としている作家達に取っては、こういう疑問は莫迦《ばか》げ切った疑問であり、誰も「党」——即ち「味方」の秘密を暴露する奴があるものかと答えるに違いない。

併し時に作家は不思議な作家的興奮に入って行く事があるものであり、作家的情熱が最初の意図の埒外まで越えて行くことがあるものである。又作家の眼は都合の好い悪いによって曇らす事が出来ず、見るべきものは都合がよくても悪くてもはっきり見ずにいられない冷厳さを帯びて来るものである。それがために政治的使命の限度を越えて、創作慾が走って行く事があり得るものである。（普通の作家に取っては、この予定の埒外に創作慾が走るという事が、予定よりも深く真実に肉薄する力になる事もあるので、これは非常に重要視しなければならないものである）――若しそれを諸君が経験しなければ幸いである。政治的価値と芸術的価値との抽象的議論はどうでも好いが、こうした卑近な場合、その両者の交錯、撞着が作家の心を悩まさなければならないような場合も、多分ある事であろうと私は想像する。

若しそれに対して答が「否」であるならば、文句はない。作家的情熱、或は「自由」を欲する創作慾なんていうものを頭から押えつけてしまえるなら文句はない。われ等また何をか云わんやである。それはてんで創作家などではないと見るより仕方がない。

（後記。「失業都市東京」に於いて、作者の最初の意図とは恐らく逆になったであろうと前に述べたあの中年者の脱落に、寧ろ読者の心が同感されて行くという結果を来たした事は、徳永氏の作家としての情熱や眼が作の中に素直にのびて行ったためではないかという事も考えられる。そしてその情熱と眼とが後年の徳永文学のリアリズムをあすこまで成長させて行った原因ではないのか。この事はいつかもっと詳しく考えて見る必要がある。）

併し実際上では確かに困る場合があるであろうと思う。例えば「暴風警戒報」の野口という人物の如きは、若しあれが実在の人物ならば、あれだけ書かれるだけでも、あの人物の実際的な運動の上に、余計な事を書かれたものと思うに違いない。「三・一五」から出て来た二人の人物が、今それにめげずにどんな事をやりつつあるか、その事もあれ以上細かに書いたら、彼等の行動の上にどんな障碍とならないとも限らない。——小林多喜二氏はそう思わないであろうか。

工場こそはプロレタリアの城壁だと云って、その中で忍耐と長い年月と労力とを以て、人知れず一人、二人と真の同志をふやして行く——それだけの事を書いても、あの作物が若し事実に頼っているものであるならば、それに対して「敵」の目がどんな風に光らないとも限らない。その考えを少し進めたら、小説家というものは自覚に取っても危険な存在である。潜行運動をいつ裏切る結果にならないとも限らない、といわれそうな危険を始終冒していることになる。実際そこではもう一つの検閲が必要であろう。即ち「味方」からの検閲が。二重の検閲——

「敵」と「味方」との検閲によって、益々その作品を骨抜きにされる創作家！　そういう存在は想像し得られない事ではたい。そして若しそんな事にでもなったら、世の中にそうした作家の立場ほど同情に値するものはそう沢山はあるまいと、われわれ文芸の価値を政治的一元論で割切る人々の心持を解することの出来ない人間は想像する。

四

そこでひと頃やかましかった文芸の価値についての論争を私は思い起す。私はそれ等の言説を多少読んだが、一つ一つを読んだわけではなかった。併し何でもとどのつまり文芸の価値を多元的に見た平林初之輔氏が、つまり政治的価値以外に芸術的価値があるという事を主張しようとした平林氏が、政治的価値一点張りの一元論者のために議論負けした、というような結果になったのを知っている（もっとも平林氏は負けたと思っていないかも知れない。相手の方で勝ったと云っているのかも知れない）。

併し政治的価値を主眼とした二つの作品——以上二つの作品の性質についていろいろ考えて見ると、今まで述べたような疑問が起って来る。この二つの作品の政治的価値などというものはいずれにしても中途半端である。多少役に立っているのかも知れないが、それの半面には、それぞれその功利的目的に裏切るような部分をも持っている。そして創作家としては「味方」の功利主義のみならず「敵」の功利主義によって掣肘《せいちゅう》を受けなければならない、哀れはかなき存在である。

人は或は政治的という言葉を、私が余りに狭義に解釈し過ぎるというかも知れない（私も亦狭義に——意識的にさえ——解釈したことを知っている）。あの文芸の芸術的価値、政治的価値の論争は、もっと広い意味に於いてであったというかも知れない（こんな事は解り切った話である）。併しそういう風に所謂広い意味に解したところで、結局同じことである。そんな風に漠然とした意味にして置いても、一歩々々を進めて行って見ると、以上私が述べたようなところまで来てしまわなければわけが解らない。抽象論などはどんな風にでもなるが、実際ではここまで来なければ話が通じない。

そこで私は考える。「敵」の政治が支配している時代には、政治的価値を全き姿に於いて文芸作品の中に盛り上げることは、なかなか並大抵ではない、と。それは「味方」が支配しているロシアなら頗《すこぶ》る容易な事である。もっとも「味方」からの検閲だけは受けなければならないかも知れないが。併し現代の日本ではなかなかの努力である。何等かの形で「法」と抵触しないようにしながら、その効力を発揮しなければならない。——「合法的」——或一派の人々が毛嫌いするところまで、若し発売禁止をのがれようとすれば妥協して来なければならない。そして実際に発売禁止をまぬがれて、現代の雑誌、新聞に発表をゆるされている限り、それは合法的になっているわけである。「合法的政党」が非難されるならば、「合法的作品」だとて、そう賞められた話ではないであろう。

若し「合法的」がいけないなら、何処までも「非合法的作品」で行きたいならば、それも実際の非合法的運動の実行と同じように、「時の支配者」の眼に触れないように、潜行的に、それの読者を一人、二人と探し、それを教化して行くより仕方がないであろう。

併しそんなような潜行運動は、文芸の性質上なかなか実行はできない。それだから、ここに政治的作家の悩みがなければならないと思う。私は今まで彼等の立場を無産運動の特等席と考えていた自分の見方が、皮相の見解に過ぎなかったことを知るのである。ブルジョワ・ジャーナリズムから生活を保証されながら、文芸方面を受持っていたという事は、彼等が特等席にいるという事の証拠ではなかった。——これは皮肉でも何でもない——寧ろそれは最も苦心を要する立場だったのである。「敵」にさとられないような技巧、その他いろいろな方法によって、その功利主義を完成させなければならなかったのである。そして今後「敵」がもっと神経の眼を光らして来る場合には、それは「非合法」な地下室のプリントとしてでも秘密に配布されなければならなくなって来るであろう。そうしたなら、書き、刷り、それを地下室の出口まではこぶというような事を、作家それ自身の仕事として三年も五年も六年もつづけなければならないようになるかも知れない。

自分は今後の彼等の上を刮目して見戍っていようと思う。

歴史を逆転させるもの

或る学生から次のような事を聞いた。

或る高等の学校の入学試験の時、「雑誌は何を読むか」という質問に対して、『キング』と答えた受験生が一番多かったそうである。そしてその学生の説によると、これは現代では『キング』を読んでいる学生が実際の上で多い事も事実かも知れないが、それよりも『キング』と答えるのが一番無難であるという事を知っていて、そう答える連中が尚多いのだそうである。「どんな雑誌を読むか」と訊《き》かれて、うっかり綜合雑誌の名などをいったら、それだけで睨まれてしまうので、当らずさわらずに『キング』と答えて置くわけだというのである。本来ならば「雑誌は何も読みません」と答えるのが最も好いのだそうであるが、それでは余りに白々しいので、申し合わせたように『キング』と答えることになるのだそうである。

高等の学校に入学しようというからには、この国で選ばれた知識のある青年達の答である。その青年達が口を揃えて、「愛読している雑誌は『キング』です」と答えている光景を想像して見給え。それが今後の日本を背負って立つ次の世代の姿であるという事は余りに侘し過ぎるではないか。

無論そう答える青年達の無気力にも眉をひそめさせるものはあるが、併しそれよりも、純真であるべき青年達に、相手の顔色を見て、その意思に迎合するような「嘘」の答をさせるように強いている教育家の意思――いや、教育家の意思の更に背後にある何ものかの意思は、われわれの心に憂鬱な憤りをいぶらせる。

『キング』と答えさせて、それを理想的な答であるとして、したり顔をしている何ものかの意思！――「ほんとうの事をいってはいけない」は現代のあらゆる人々の上に重くかぶさっている暗雲であるが、その何ものかの意思はその暗雲を更に次の世代の上に一層深く蔽いかぶせようとして、こうして細心に準備をなしつつあるのである。――それだから現代の教育は凡そ「教育」とは背馳する「嘘」を学生達に強要しようとしているわけなのである。

又やはり或る高等の学校の入学試験に、遠くは楠正成、新田義貞を始め、近くは東郷元帥、乃木大将に至るまで、古今の忠勇義烈な「偉人」達の名をずらりと列べて、「この中最も崇拝する人物を一人取り、それについて知る処を記せ」という問題が出たそうである。

無論この問題そのものは悪いとはいわない。武人ばかりが偉人ではないとしても、武人ばかりについて特に青年達の意見を訊こうというのであってみれば、何もわきから余計な事をいう事はない。

併し困るのは、こういう問題を出すに当って、相手の答の自由を認めているわけではなく、「どう答えなければならないか」という事が最初からきめられていて、それ以外の答を期待していないという事である。それは歴史の科学的探究の深さを試験するのでもなければ、受験者の知識や意見や思想を訊ねるのでもなく、作られた一定の歴史観のツボがあって、そのツボに当てはまるような答案を要求しているわけなのである。

結局受験者は真実を語るよりも「無難」を取ろうとする。余程莫迦正直な人間でなければ自分のほんとうの意見を答えない。いや、ほんとうの事を答える正直者を絶滅させようというのが、そういう問題を出す「意思」なのである。戦々兢々として相手の眼をぬすみ見しながらこう答えろといわれた通りに鸚鵡返しに答えている若者達の姿——若き日本は余りにみじめで、余りに情けないではないか。

ここで私はちょっと思い出した事がある。

もう二十数年前であるが、私が野砲一聯隊に入隊していた時、われわれの教官に一人の中尉があった。その中尉は或る日の演習の時、われわれに練兵場の隅に塹壕を掘らせ、その中に大砲を埋めさせて、それからわれわれ兵卒達に順々に次のように訊いたものである。

「この塹壕は何のために掘るか」

「それは敵弾によって砲を破壊されないためであります」

「うん、次……」

「敵弾によって砲を破壊されないためであります」

「次……」

「敵弾によって砲を……」

「次……」

どこまで行っても兵士達の答は同じであった。それは無理もない。そう答えるように日頃から教育係の軍曹や上等兵に教え込まれていたからである。

中尉は不機嫌な顔をしながら次々と尚も順々にたずねて来たが、とうとうその番が私に廻って来た。

私は型にはまった答を強要される重さを感ずるので、こういう場合つい口が重くなるが、併し兎に角答えなければならないので答えた。

「敵弾によって砲を破壊されないためであります」

やっぱり軍曹や上等兵から教えられていた通りに答えたわけである。

すると中尉はじろりと鋭く私の顔を見て、「何だ、お前もやっぱりそう答えるか」という苦笑に似た表情をした。――私は夜の点呼後に、陸軍大学の入学試験の準備をしているこの中尉から週番士官室に呼ばれて、南日の「難句集」などを一緒に調べた事がある。それで中尉は他の兵隊達と多少違ったように私の事を考えていたに違いないのである。

併し私が他の兵隊達と同じように答えたものだから、中尉は「もう、よし」といって手を振り、私までで質問を打切って、暫くうつむいて地面を見ながらその辺を四、五歩歩きまわっていたが、やがて顔を上げると、苦虫を噛みつぶしたような表情をして、空を見上げ、肩を張り、まるで怒ってでもいるように大きな声でいった。

「そうじゃない。好いか。大砲は機械に過ぎないではないか。大砲も大切だ。併しお前等の命はもっと大切なんだぞ。何のために塹壕を掘るかといえば、第一はお前等の貴い命をむざむざと犬死にさせないためだ。その次が大砲だ。――好いか、解ったか」

そして一寸黙ったが、「演習中休み」と高く叫んだ。

私は恥かしくなった。実際その時の事を思えば、今の青年の『『キング』を読む」を責める資格が私にはないわけである。——併し中尉の「言葉に恥じると共に、一方では久しぶりで人間の声を聞いたように、私は心がはればれして来た。

われわれが軍隊に入って、最初に軍曹や上等兵から聞かされたのは、「お前等の代りは一銭五厘の端書一枚出せば幾らでも来る。併し軍馬の代りはそういうわけには行かない。軍馬一頭仕立てるには七年かかるんだぞ」という言葉であった。もっともそれには多少の冗談味も含まれてはいたが、併しいずれにしても、毎日教えられるのは、命を粗末に扱わなければならない事ばかりであった。そこに思いがけなく、その中尉が人間の生命の貴さについて語ったのである。

それは大正の初期であった。その年代にはこういう若い将校もいたのである。

今私はそれを思い出し、こうした中尉のような試験官がいて、「思った通りのほんとうの事を答えるのが一番好いんだぞ」と学生達に向って云ってくれたら、学生達は強要された卑屈なみじめさからほっと救われ、一遍に立ち直って、どんなにはればれとした希望を胸に抱くようになるであろうと思うのである。

大正の初期——そしてその前後十五、六年間が、この日本ではせめて自由な事がいえた時代であった事（その時分にはそうも思わなかったが）が、今になってなつかしく振返られるが、併しあの僅かな年代を黄金時代であったかの如く追想しなければならないとは、日本の民衆の何世紀に亙って言葉を奪われているみじめさを、今更深く考えさせられるではないか。

この非教育的方針のもっと極端な例は今年の大阪の中等学校――中学校や女学校――の入学試験の試験科目が日本歴史一科目であったということである。それは安井府知事が出した指令だということである。

何故に日本歴史一科目にしたか、安井知事の考えているところははっきりとは解らないが、兎に角それが最近の国粋傾向の露骨な現れであるという事だけは確かに云える。それは前に述べた高等の学校の入学試験の古今の武人列挙と共通のものを感じさせる。青年や少年の頭に特に「国史尊重」の念を起させようという魂胆から来ている事は明瞭である。少年の頭を科学的に教育する基礎となるべき算術もやらず、理科もやらず、唯日本歴史一点ばり――それも最近の所謂国粋主義的歴史観による日本歴史一点ばり――試験を受けた一少年のいうところによると、日本歴史一科目では、算術などと違って、出来たと思ってもはっきり自信が得られないのが不安だったそうである。又たとい出来たという自信を得られても、一科目であるから他の誰もが皆出来たろうと思われて、やっぱり不安だったそうである。

採点者も亦答案の優劣をつけるのに骨が折れたという話であるが、無理もないと思われる。併したとい近頃の政治の動向から推して、中学校の入学試験にまでこういう現象が現れたのだという事は想像出来ても、私は又こんな風にも考える。これは上の方の直接の意思ではないのではないか、と。上の方の意思を忖度して、それに摺《おび》え且つおべっかる小吏根性が（知事は小吏ではないかも知れないが、知事あたりまで含めて）、こんな浅薄な国粋主義で、青年や児童の頭を混乱させ、窒息させるのではないか、と。ひとりよがりの誇張された日本歴史の中に若き日本を封じ込めてしまって、得々としているのではないか、と。若しそうではなく、これが上の方の意思の直接の現れであるとすれば、上の方の意思というものの奥底も知れたものではないか。まさかそれ程おっちょこちょい見たような浅薄なものでは、動くとも上の方の意思の中心（指導者の意思の中心）はあるまい。

もっとも、近頃は軍人会館を外国の音楽家の演奏には貸さなくなったという話を聞いたが、若しそれが事実であって、国粋主義がそんなとぼけた現れ方さえするに至っているとすれば、生徒の頭を日本歴史に封じ込めようというのも、小吏共の上の意思を忖度しての滑稽な手柄顔だけではないかも知れない。――本気に日本の国粋主義は、日本歴史一つで総てが割切れると思い上って来ているのかも知れない。

昨年、ちょうど二・二六から間もない頃であったが、『文芸春秋』に新々官僚なるものの座談会の記事が載ったことがあった。記憶している読者も多い事と思うが、それは若手の官吏達が「真の日本のファッショは、われわれの手によってやるのだ」という、大層威勢の好い大気焰を揚げたものである。その当るべからざる怪気焰は兎に角として、彼等の座談の中に唯一つ私の頭に残ったところがあった。それはこのファシスト達が大学生だった頃は社会問題のやかましい頃で、彼等はマルクスによって社会の見方を教わったというのである。マルクスによって社会の見方を教わり、その後大人になって日本の特殊性を知り、それでマルキシズムに反対するようになって来たが、併し社会の見方を最初に教えてくれたのはマルクスだというのである。然るに（と彼等は激越な口調になって）最近大学を出る連中を見よ、何も知らないではないか。それは文部省が悪い。文部省が学生の学問の自由を奪うので、その気力や精神をすっかり腐らしてしまったと云うのである。――この彼等の言葉が興味深く、私の頭に残っている。

未来のファシストを以て任じているこの若い官僚諸君でも、学問に対する尻の穴の小さい文部官吏の弾圧を憤慨している。もっともこれは文部省が悪いのか内務省が悪いのか知らない。この未来のファシスト達には内務省官吏が何人かいるようであるが、安井大阪府知事が中等学校の入学試験を、日本歴史一科目にせよと命令するところを見ると、学問の自由を弾圧するのは、文部省よりは内務省にもっと大きな責があると見なければなるまい。

扨てこの文章を終るべき時が来たが、今更青少年を鎖国主義の小さな箱の中にぶち込んで一体どうしようというのであろう。——今に改めて第二の開国時代が起り、その時分になって世界の新たな知識を教わるために、中華民国に留学生を送らなければならないような事でも起ったら(勿論譬え話であるが)、日本の歴史を逆転させた罪、万死に値するといわなければなるまい。

国民にも言わせて欲しい

一

この半月のめまぐるしさ。歴史は非常な勢いで狂奔し始めたと云って好い。われわれは八月半ばに、五相会議の成行きを憂慮していた。「六月五日に決定した内閣の方針は変っていない」と平沼さんが突然声明したのを見て、六月五日に何を決定したのかを全然知らされていない国民は、狐につままれた面持で互に顔を見合わせた。六月五日に何事かを決定してその方針が変っていないのを、何だって今頃になって改めて声明するのであるかと。これは何かあるぞ、と敏感な国民はその声明のおかしさに直ぐ気がつくのである。内閣の決定した変っていない方針を、何だって二ヶ月もかかって尚物々しく小田原評定を続けているのであるか、と。

それで国民はいろいろに考えて見るが、併し結局解らないので、多分六月五日に決定した後、多少の波瀾があったが、八月半ばになって本ぎまりに決定しそうになった事を、総理大臣が声明したものとでも解釈して置けば、大体間違いなかろうというように考える外なかった。何しろはっきり決定してくれるという事は、国民に取って兎に角心を落著ける事が出来る事だからである。

事変以来、指導階級の決定を国策と思って、その通りについて行こうとしている国民に取って、指導階級の方針があやふやであるという事は一番不安であり、やりきれない事だからである。

（後記。——この平沼内閣の小田原評定というのは、日独伊三国同盟を主張する陸軍に対して、海軍の米内海相、山本五十六次官が強硬に反対するために、いつになっても内閣の方針が決定しなかった事を指すのであるが、当時はそれだけの事もわれわれは明らかに書く事は許されなかった。）

遅蒔きながら決定したものの全貌が明かな形で自分等の前に発表される日がやがて来るものと、国民は静かにそれを待っていた。

そこに驚くべき事が起った。それは独ソ不可侵条約成立である。八月二十一日（二十二日付）の夕刊を見たものは、誰も彼も思わず「あっ」と叫んだ。寝耳に水とはこの事であろう。無論それは国民ばかりではない。内閣諸公もあっと叫んだに違いない。いや、その事は実に世界中を震撼させたに違いない。――歴史がこのように駈足していると、次ぎ次ぎに起って来る事によって直ぐ前に烈しく受けたショックさえも薄ぼやけてしか思い出せなくなるものであるが、この独ソ不可侵条約もその例に洩れず、僅か半月経つか経たないのに、どんなにそれによって衝撃を受けたか、もうその実感が今は思い出せない位である。

二ヶ月半の五相会議の決定もこれで白紙になったという事によって、その会議が防共強化の線をもっと深めようとしたものであったという事が始めて国民にも会得出来たが、それに引きつづいて起った内閣の総辞職――その総辞職の理由が独ソ不可侵条約に対する責任であるという点を見ても、この不可侵条約が内閣諸公をいかに周章狼狽させたかが解る。――消息通は総辞職は時期の問題であったというが、併し、国民には消息通の知っているような事は凡そ知らされていないのであるから、最も表面的に現れた事象をそのまま受取って行くより外仕方がない。――平沼内閣はその決定した対欧策が既に立遅れであり、忽然として現れた独ソ不可侵条約と氷炭相容れないものであるが故に、その責任を痛感して総辞職したものであると、こう国民は解釈するより外仕方がない。

正直に云って国民は憤激に似たものを感じた。一つは防共協定を裏切ったかの如く思われる独ソ不可侵条約の放れ業を抜打ち的に演じた独逸に対して、そしてもう一つは五相会議の長い長い小田原評定に対して。実際何という緩慢さ、何という立遅れであろうと、国民は持って行き所のない苛立ちを感じた事は確かであった。――憤激の感情がどんなに烈しかったかという事も、最早今になると、その時の実感通りに思い出せない。そうした烈しい感情さえも深く胸に刻み込ませない中に、歴史の駈足は次ぎ次ぎと驚くべき新事態の展開に人々の眼を奪って行きつつあるからである。

併しそれは兎に角として、この独ソ不可侵条約は随分いろいろの教訓を日本に与えて呉れた。――その中で特筆大書すべきは左の二つであると私は思う。

それは平沼内閣が辞職し、次ぎの内閣が組織されつつある時、内閣総理大臣の権限が強化されなければならないという事が軍部の意見として新聞に掲げられた事である。内閣総理大臣の権限が強化されなければ、これからの歴史の駈足に対して即時適応の処置が取れないという事が、今度五相会議及び独ソ不可侵条約の不意打ちによって痛感されたからである。これは日本ばかりではなく、この独ソ不可侵条約の報が伝わると同時に、英吉利でも仏蘭西でも同じく首相の権限強化が唱えられた。――併しわが国ではこれが真先に軍部によって唱えられたということは意味深い。

（後註。内閣総理大臣の権限を弱体化させたのは軍部そのものであるから、その軍部そのものが総理大臣の権限の強化を唱え出したということに刮目せよという意味なのである。当時はこう明らさまには云えなかった。）

それともう一つは、対欧策を白紙に返したという平沼内閣の声明と前後して、陸軍の軍務局長が海軍の軍務局長をたずね、「陸海協力して行く事に意見の完全なる一致を見た」という事が新聞に報道された事である。心ある国民はその短い新聞記事を読んで、どんなに安堵の胸を撫で下ろしたであろう。内閣総理大臣の権限が強化され、陸軍海軍が協力一致すれば、それこそ国家百年の安泰を信じ得るからである。

この二つの事は独ソ不可侵条約が日本にもたらした最大の教訓と云って好い。そしてその二つの事を陸軍が先に立っていい出したという事が一層われわれの意を強うする。国民はこの事を決して忘れてはならない。

(後註。当時の日本の陸軍海軍が如何に不和であったかを思い出して欲しい。)

二

扨《さ》て、それから何が起ったか。それを一々列挙して行くのが私の目的ではない。阿部内閣の成立、独波間の戦闘開始、米仏の対独宣戦布告——欧洲第二次大戦の幕はいよいよ切って落されたわけであるが、独ソ不可侵条約に憤激し、平沼内閣五相会議の小田原評定に苛立った国民は、つい旬日前のそうした激情を忘れて、今度は日本の幸運をことほぎ始めたのである。足が遅いために橋に辿りつけないのを苛立っていたのが、橋を渡らなかったために洪水に出会わずに済んだ幸運を喜ぶような、そういう稍《やや》擽《くすぐ》ったい表情で喜び始めたのである。

平沼内閣の失態は決して失態ではない、失態そのものが日本を守る神風だったかの如く思い始めたのである。——半月の間に何という評価の激変、感情の急転であろう。

前内閣によって白紙に帰り、絶対自由な立場に帰った対欧策の後を受けての、阿部内閣の欧洲大戦不介入の宣言、株の暴騰、何か世界のキャスティング・ヴォオトを摑んだかの如き国民の楽天的な有頂天、今泣いた烏がもう笑った如き殆んど無邪気と云いたい位の単純な感情の抑揚ぶり。われわれとてもこの難局にフリイな立場を得たという事を喜ばないものではない。併しこの半月の間に経験した、あのいろいろの憂苦不安を顧みるにつけ、手放しで明けっぴろげで喜ぶのには、多少の擽ったさ、多少の苦笑を感じないわけには行かない。

神風という言葉は財界の或者から起った。そして又軍部の或人が同じ言葉を使っているのをもわれわれは新聞で見た。果して神風であるかどうかはわれわれには解らない。いずれそれは歴史が証明するに違いないとは思うが、併しわれわれが恐れるのは「いざとなると神風が吹く」というような非科学的な迷信で、いろいろの難局やいろいろの行きづまりやいろいろの障碍が解消したかの如く直ぐ得意になりたがる日本人の性格である。

欧洲問題に介入せず、専ら支那事変の処理に全力を尽して行くといっても、実はそれだけでもちっとやそっとの生優しい仕事ではないであろう。併しそれは日本の指導階級が何とかうまくやって行くであろう。国民はその指導の儘にまかせようとしているのである。

だが、此処で国民の一人として、衷心から云わせて貰いたい事は、外部の問題もさる事ながら、それよりも寧ろ国内の問題である。――それを端的に云おう。それは日本の政治機構、行政機構の拘束なき自由主義の弊を今反省しなければ一体これはどうなるかという事である。

自由主義は日本の資本主義の最初の段階に役立ったが、それが役立つ時期を通り越してしまった今日、あらゆる意味で訂正されなければならないという事は、夙《つと》に指導階級が近年絶叫して来たところであるが、併しその自由主義の悪弊が最も淀んでしまっているのは、取締られるところの国民よりは、寧ろめいめい自然発生的発展性のままに設置されて発展して来たところの政治行政の諸機構ではないか。――その機構と機構とが鉢合せをし、矛盾撞着し、何とも蚊とも収拾のつかないところまで複雑多岐を極め、紛雑混乱を極めてしまっている事が、何よりも一番憂慮すべきことではないか。

この機構と機構とを統制なく発展させてしまった機構上の自由主義から較べれば、大学教授の自由主義などは、寧ろ他愛のないものであると云っても好い。その発言権を止め、著書の発売を禁止し、教授の職を迫ってしまえばそれで一応片がつく。併しこの機構上の自由主義は、並大抵の事ではなかなか訂正されるものではない。今日のような時期、つまり相次いで起って来る内外のいろいろ重大な現実が、それをこんなに明瞭に適切に批評しつつある時を除いては、なかなかそれの改革の断行が出来るものではない。

三

「総理大臣の権限を強化しなければならない」と最近軍部が唱えたのも、見方を変えて云えば、つまりは機構の自由主義の弊を匡正しなければならないという意味になるのであるが、そしてその事は非常に重大な事なのであるが、それは後廻しにして、先ずわれわれに取って卑近な事から説いて行く事にしよう。

われわれ小説を書く者の誰でも経験するところであるが、作物の中に出した人物なり事件なりは、作者の最初の予定通りに発展して行くものとは限らない。それはそれ自身の自然発生的の発展を持つ。そこが面白いところでもあり、作者はその自然発生的発展性を利用しながら、その作物を進めて行く。併し時によると、それは作者の統制が出来ないようなところまで、思いもよらぬ発展をしてしまう事がある。

現実世界でもこの事は同じであると思う。最初目的をもって一つの機構が作られたとする。併しその機構は作られたと同時にその創始者の手をはなれて、それ自身の自然発生的の発展を直ぐ始める。それは面白いところであり、その自然発生的発展性を巧みにリイドして行けば、その機構は最も有用に役立つ。併しリイドの宜しきを得なければ、それは思いも寄らないところまで勝手気儘な発展をして行ってしまう。

例えば刑務所というものがある。刑務所の創始された最大の目的はこの社会から罪人をなくす事であり、従って刑務所の中が始終がら空きであるのがよろしいという事でなければならない。ところが、刑務所が出来て見ると、刑務所自身はその中に始終収容して置かなければならない人間を必要とするようになる。つまり罪人を必要とするようになる。警察というものがある。警察の目的は本来的な意味では警察が始終閑散であるのが最も宜しいという事でなければならない。ところが警察は閑散よりも繁忙を欲するようになる。それは始終取締るべき人間を必要とし、留置場の中に入れるべき人間を必要とする。留置場がガラアキである場合には、浮浪人狩りもしなければならず、深夜若い男女が往来を歩いていたというので、それをつれて来て、留置場のアキを埋めなければならない必要も生ずる。

管内に罪人が出なかったという事で表彰された警察の例はない。重大罪人をつかまえたという事で表彰される方が、誰が聞いても当りまえの事になっている。そして警官に取っても、立小便をとがめ立てするよりも、殺人犯、強盗犯を摑まえた方が立身出世の道になるとなれば、結局この世の中に殺人犯や強盗犯がなくなるよりはそれが出た方が好いという事になる。この社会から罪人をなくそうという最初本来の目的とは天と地程に相違した一つの目的が非常な強さで生じて来る事になる。――此処からして国民は始終罪人の嫌疑によって睨まれているかのような不安を、警察官の目付に対して覚えなければならないような習慣が生じて来る。そんな莫迦な事がある筈はない。そんな事が本来的な意味ではあり得る筈がない。ところが事実そういう事があり、いつ訊問されるかという畏怖にふるえているのである。――私は私とつれ立って歩いていた長男が、突然派出所の箱の中に呼び込まれて、侮辱に近い訊問を受け、私が父である事を名乗ってその何故なるやを問うと、「君は警察というものを知らんな。訊問、検束は警察の自由だぞ」と若い警官に呶鳴られた事がある。私はそれを嘗て本誌（文芸春秋）に小説の形式で書いた事がある。（それは拙作「心臓の問題」である。）――実際訊問、検束が自由とは飛んでもない自由主義ではないか。

最近は又こんな事があった。私は私の若い友人に家の事で登記変更に或登記所まで行って貰った。それは母が湯殿の建直しをやったために二坪ばかりの坪数が増したわけなのである。それを区役所にとどけ、区役所の証明を得て登記役場に持って行くと、登記役場ではそれをはねつけた。何でも理由を聞くと、区役所では届け出の日付を以て増築を承認しているけれども、条文にある「原因の日」というのは、届け出た日ではなく増築した日でなければならないというのである。そこで区役所に又持って行って訂正して貰って、又その翌日登記役場にとどけたが、その事がそれ一つだけの問題ならば、何も別に此処で云う事はない。併しその登記役場では今の主任がそこに来てから約一年間、区役所から来るそうした証明書を同じ理由で全部突っ返して書き直させているというのである。そこで私の若い友人が、「それでは法律の知識のない国民は、始終そのために余計な時間と手数とをかけなければならないですから、一つ区役所の方へあなたの方から通達して置いてくれるわけに行きませんか」というと、その登記役場の主任は、「裁判所から区役所に頭を下げて頼む必要はない」と答えたそうである。そして又区役所では、「五年も十年もあれで通っていたのに、今度の登記所の主任になってから、ああして突っ返して来るのだ」と云ったそうである。――原因の日の解釈がどうであるか、登記役場が正しいのか区役所が正しいのか、それは知らない。併し一年間も国民に無駄な手数と時間とをかける事は意に介せず、そんな小さな問題にも機構と機構とは対立し、その間に話合いというものをしないのである。――指導階級が口を酸《すっぱ》くして説いている協和精神に、それは何と遠いことよ。まるで何処かの亡国の小役人の話でも聞くようではないか。

扨て、こうした機構の矛盾撞着――これ等の枝葉的機構の中に発見される病原は、当然その根幹的機構の中にもなければならない。

そこでわれわれはその根幹的機構のそうした矛盾撞着に向って今やわれわれの視点を移すべき順序になったが、併しこの根幹的機構の中の矛盾撞着は、非常な巧みな方法を以ていつも国民の眼から隠蔽されている。所謂消息通はいろいろな事を云う。併し消息通でない国民は、眼の前に現れた事を掛値なしに受取る事によって、その隠されているものの中を類推して行くより外に道がない。

四

此処で又前の「総理大臣の権限強化」の問題に帰ろう。

独ソ不可侵条約成立を見て、平沼内閣の五相会議の小田原評定に憤激した国民は、続いて起った欧洲第二次大戦によって、その憤激を完全に忘れてしまった事は前に述べた。寧ろその会議の失敗が神風を日本にもたらした如く有頂天にさえなった。

併し神風はいつも吹くわけではない。あの五相会議にほんとうに憂慮を覚えた人々の胸は、そういう偶然の幸運に有頂天になってはいられない。――あの五相会議があのように長びいたのは何故か、そしてああいう場合にああ云う会議を長びかせなければならない機構と機構との複雑多岐な関係がいつまで今のままに続かなければならないかという事に、深憂を感じないではいられないのである。

軍部は「総理大臣の権限強化」を説く。われわれが双手を挙げてそれに賛成せずにいられないのは、その深憂があるからである。殊にそれが軍部からの主張であるという事に、われわれは最も心強さを感ずるのである。

最近代々の総理大臣はいつもその無能無策ゆえに非難され、無能無策故に内閣を投げ出して行った。併し代々の総理大臣が人物として、しかく無能無策であったろうか。いやいや、相当の抱負経綸は胸に蔵して登場したと云って好いであろう。併し総理大臣というポストそのものが今や無能無策なポストになり終ってしまっているのである。どんな抱負経綸を胸に蔵して登場して見ても、それを実施する前に畑一面に乱雑にはびこっている、いろいろの機構に根を持った雑草を見て、種を蒔くことが出来なくなってしまうのである。その雑草を刈り取ろうとするだけで直ぐ蜂の巣のように沸き立つ各機構からの反発に、手を下す事が出来ないのである。――世の中にこの国の総理大臣のようなこんなみじめなジョッブはそう沢山はあるものではない。それだのに実際後から後からとよくその成り手が出て来るものである。

前に述べた通りに、それぞれの機構は最初は一つの目的で作られた。併し機構はそれぞれ自由主義的な発展を遂げてしまった。そしてめいめいがどうにもならないところまで根を張り枝を拡げてしまった。かくして、一つの国家的目的に統一される筈の各機構が矛盾撞着し、各々《おのおの》しのぎを削って己れを主張し、一致協力しないのである。一つの省で決定した事を、他の省では「見解が違う」と称して取合わない、いや、省と省ばかりではない、同じ省の中でも各局各課がおのおの勝手な見解を以て対立しているのである。又日本という国の地理的宿命から対立して来る機構もある。一方が大陸に向い一方が大洋に向っているために陸を望む者海を望む者の生ずる事は、これは地理的自然であり、地理的宿命であり、余程うまく調和して行かなければ、二つは背馳してしまうのである。

（後註。——これは陸軍と海軍との不和を指摘したいのであるが、当時はそんな事は到底許されないので、こんな曖昧模糊とした表現を用いたのである。）

併し今更そういう事をもっと具体的に語ろうとは私は思わない。そうでなくてさえ、この刻々生じて来る深刻無比な現実的試練を前にして、自由に発達し過ぎたもろもろの機構を強力に統一する力の存在を、誰しも今望んでいるのである。それが内閣総理大臣の権限強化の声ともなっているのである。が、この内閣総理大臣の権限の強化ということは、各機構が一つの目的に向って協力して行こうという反省と謙遜とを心から持たない限り、それは可能ではない。各機構の自由主義を清算しない限り可能ではない。

そしてこれは平時にはなかなか出来ない事であるが、併し事変以来、更にこの八月以来一ヶ月の世界的現実の刻々の変化が、これをほんとうに要求しているのであるから、今こそそれを自覚して、為政者達はその実現をはかるべきである。

自分はここで指導階級がこの数年来国民に教えていたあの数々の言葉を思い出す。協和精神だとか、精神総動員だとか、総親和だとか、そうした言葉は国民に対してのみならず、実はそれ以上に指導階級及び彼等を主脳とする各機構にこそもっと必要だったという事を自分は云いたい。先ず彼等こそ実行して範を垂れるべきである。

事変以来、国民は国家の前途を憂慮している。無論指導階級だってそうに違いない。個人としての意見をたずねて見れば、われわれと同じように心配している人物もあるに違いない。併し一つの機構の進みは個人のそうした意志を代表するものではない場合がある。自分はそれを云いたいのである。今機構の激しい改革は、或は混乱を導く恐れがないとはいえないから避けるべきかとも思うが、併しこの現実の試練の前で、或は急速に変改する可能性があると信じられるのは、一つの反省によって機構の方向を統一させる事である。つまり国家に対してはあらゆる機構が相対的なものであって、決して絶対的なものでないという、はっきりした認識に到達させる事である。絶対は国家のみであって、いかなる機構もそれに対して相対的な立場にしかないという事を自覚させることである。余りに解り切った事と人は云うかも知れない。併しそれがほんとうに理解されれば、今のこの機構亡国と云いたいような各機構の勝手気儘のイラクサの蔓のような延び方は、自然に消えて行かなければならない筈である。

そしてその反省は内外の情勢から云って、今がその時である。それは無論遅過ぎているが、併し今ならまだ間に合わない事はない。併しこの機会をはずせば、悔を千載にのこすことになろう。

それは大にしては内閣総理大臣の権限強化の素地を作るために各省の統一をつける事、そして小にしては警察役場その他直接国民に触れるいろいろの機構に国民に対する協和精神、云い換えれば深切気を発揮させる事。——実際国家に対しては、みな相対的存在でしかない。若し軍人や役人が陛下の赤子であるというなら、国民だとてその通りである。そこに差別などある筈はない。そしてこの国を良い国にしようと思って献身努力している点で、国民は軍人や官吏に決して負けるものではない。

この現実試練を前にして、国家に対する相対的な謙遜な立場を認識すれば、その事は明瞭な筈である。国民を愛さず、国民を尊敬せずして国家を尊敬する事など出来るものではない。国民は制限を与えるためにあるという不合理な官僚根性などは、それだから実に反国家的なのである。明朗性は今の複雑多岐な機構の自由主義が、みずからの反省によって清算されない限り、なかなかわが国に生れるものではない。

つまりこうして新に反省し、総てが謙遜になり、それでこそ成立つ国内総親和の態勢をもって進まない限り、日華事変もうまく片付くものではない。東亜新秩序は先ず日本国内の新秩序総親和によって範を垂れなければならない。

私は阿部新首相の声明を新聞で読んだ。抽象的ではあるが穏健なその宣言に別段不賛成も感じなかったが、併し奇異に堪えないのは、「国民指導」という言葉はあっても、「国民の福祉幸福をはかる」という言葉がない事である。もっともこれは何も阿部首相の声明ばかりではない。歴代の内閣総理大臣の声明がみなそうである。内閣総理大臣が内閣を組織して、国民の前にその抱負経綸を披瀝する場合なら、先ず第一に日本国民の幸福福祉を増進するという事が云われなければならない筈である。それは第一に云われなくとも、第二、尠くとも第三までには云われなければならない事である。これは元来政治の最大目的の一つでなければならない筈である。

「指導する」の中にその意味が含めてあるとすれば、それは余りに冷たい表現であり過ぎる（そして事実国民は何を指導されたか。昔は知らず、今後は知らず、近き過去に於ては指導ではなく唯制限されたばかりであった）。こういう事を為政者は何の反省もしていない。そして国民も亦それに馴れ切っているためか、別段何の不平も抱かない。併しこういう事も国家に対して相対的であるというほんとうの反省さえ来れば、直ぐ気がつかなければならない筈のものである。

何を措いても、日本の急務は、あらゆる意味で機構の自由主義の清算でなければならない。これが国民が衷心から指導階級に訴えたい憂慮なのである。

政治と文学

いよいよ阿部内閣が総辞職して、米内海軍大将が大命を拝受した。こうした内閣のタライ廻しなんか国民と何の関係があるのかと云って見たい気もするが、そんな事の云えたのは昔の話で、今はこう政治が直接国民の生活の隅々にまで影響を与える時節になると、国民もそう暢気にしてばかりはいられない。

私がこの雑誌(文芸春秋)に「国民にも言わせて欲しい」という文章を書いたのは、つい四五ヶ月前のような気がする。その時も丁度政変の時であった。長い長い小田原評定の揚句、そこに突如として欧洲から独ソ接近の悲報(?)が飛来して、平沼内閣を驚倒させたのである。平沼内閣は信ずる恋人に裏切られた青白き青年の純真さで、人の心の頼み難きを慨嘆し、「複雑怪奇の世の中や」と嘲《かこ》ちながら厭世辞職を遂げたのである。もっとも平沼内閣はその置土産に対欧洲の諸問題を白紙に返して、次代の内閣に旧手形の整理をさせまいとしたのはよかったが、続く阿部内閣の無能振り――と云ったところで、実を云うとわれわれ国民には阿部内閣が前の何代かの内閣に比してどれだけ無能であるかという比較研究は出来ない。阿部首相が「政策がないのじゃない。政策を実現させるまで待って呉れないのである」という意味のことを云って嘆息しているのを新聞で読んだ事もあるが、恐らくそういう点もあるのであろうと思って、ひそかに阿部首相に同情した。丁度阿部内閣の出現当初、陸軍が先に立って主張した「総理大臣の権限強化」にわれわれは双手を揚げて賛成したが、どうやらそれは掛声だけに終って、阿部内閣ではその首相の権限強化は実現されなかったらしい。それは阿部内閣の弱体のためかも知れない。が、或はそればかりではないかも知れない。

――この前も云った通り、この国の総理大臣というジョッブはほんとうに何とも云えない、やり難いジョッブなのであろう。

われわれ門外漢からは、政治の複雑怪奇さはよく解らない。唯われわれに解るのは、こんなに複雑であるという事はやり切れないという事である。その結果はみんな国民の上に暗くのしかかって来る。どうしてもっと単純明朗に行かないものか。「国民にも言わせて欲しい」の中にも語ったが、これ等の複雑怪奇を訂正するのは、機構の各自が相対的なものであるという謙遜さを以て反省する以外にその方法はないであろうと思う。その反省によって、野放図もなく蔓草の蔓のように四方八方におのがじし延びた機構の一番悪い意味での自由主義を一つの方向に向って統一する以外にないのであろうと思う。小利益、小面子の衝突、顔が立つとか立たないとか、どんぐりの丈較《せいくら》べのような小っぽけな親分《ボス》共の暗躍跳梁——派閥の中に派を樹てる朋党根性！

菊池寛の如きは本誌（文芸春秋）前号で、愛国の情熱を燃え立たせ、文士が挙《こぞ》って全国を遊説して歩く事を主張しているが、そうした国民精神の再振興はもとより結構な事であろうが、それよりも更に大切なのは、日本の指導階級の精神の再振興であると思う。事変四年目のこの難局に当って、日本の為政者のどれもこれも信頼出来ないという位国民を不安にする事はない。

新しい内閣が出現する度に国民は期待を持っている。併し期待はずれが連続すると、国民の期待もだんだん薄れて来る。誰が出ても、国民に向ってこの「重大時局を認識せよ」というだけでその重大時局を彼等がどう乗り切るかという事になると、結局空手形の連発以外のものでない事を国民は知っている。

そんなことはほんとうは知りたくはないし、そんな風に思いたくはないのであるが、併し知りたくない、思いたくないと思っていても、そう思うより仕方がなくなって来るのである。

町を歩いて見るが好い。いかに酔っ払いが多いか。——私は事変の第一年目の十二月二十五日の晩、つまりクリスマスであるが、その晩に新橋駅頭で酔っ払いが警官に引っぱられて行くのを見た。実際この年の厳粛さにはクリスマスの酔っ払いは如何にも似つかわしくないものであった。——ところが近頃は深夜新宿の町を歩くのには警戒しなければならない。それは町の到るところを酔っ払いの吐き出す汚物が穢《けが》しているからである。

町を着飾って歩く女達の服装の派手さ加減、デパートでの奪い合いの品物の売れ行き——こうした現象に向って、為政者は頭から「自粛せよ」と強圧的に呶鳴りつける。併し実際はこうした現象は、政治が国民の頭から「方針」や「目標」を奪い取ってしまった現れなのである。これを見て「自粛せよ」などと叫ぶ前に「自粛」という言葉の意味を為政者が先ず反省して見るべきである。

これは決して国民がけしからないのではない。それどころか、こんな柔順な国民が滅多にあるものではない。この国民はほんとうの「安心」を与えればいつでも挙国一致する。それを弛緩させるのは為政者の悪さである。

本誌の前号の帰還諸兵士の書いたこの国の現状に対する忌憚なき文章は、みな胸に沁み込むような真実なものであった。あれを読んでわれわれは心を打たれたが、併しあれを読んで本気に考えて貰いたいのは、この国の指導者達である。

○

こうして筆を持っていると、いろいろの感情が胸にほとばしって来る。無遠慮に云いたい事の数々、国家百年の安泰を期するためのわれわれの希望――

私は二年ほど前、或綜合雑誌の記者が宣撫班として大陸に渡って行く送別会の席上で、私に似合わしくなく烈しい調子のテエブルスピイチをした事を思い出す。しゃべっている中に興奮して行く自分を私は制御出来なかった。多分その場に居合わせた人達は、日頃に似気《にげ》ない私に驚いたであろう。

私はその時次のように云った。――

われわれインテリはいつも支配階級の為す事を皮肉な眼で見ていた。われわれと関係ない事を彼等がやり出すと思って白眼視していた。――併し今日この事態（日華事変）が起ってしまった以上、それがたとい誰がやり出したところで、それは日本人の責任である。われわれ自身の責任である。つまり誰がやり出したところで、われわれがやり出したと同じ事である。この事は始まってしまったのである。それだから、われわれは白眼視などしてはいられない。われわれはシニックであってはならない。

われわれはわれわれが動かなければならない時が必ず来るのを知っている。それは今直ぐでないかも知れない。併しやり出したものがやり出したものの力の限度を知って手を挙げる時には、日本の知識階級が乗出して行って始末をつけなければならないようになる。——青白いインテリと罵られても、彼等から見た「青白さ」が実際は役に立つ時が屹度来る。何故かというと日本では比較的インテリが世界通念を持っているからである。そしてこの世界通念なくしては乗り切れない時期が屹度来る。それだからインテリは決して悲観も絶望もしてはいけない。又いたずらにシニックなどになってはいけない。——と。

そこで私は此処で思い切って云いたい。どうか為政者よ、虚心坦懐に聞いて欲しい、というのは、戦闘に勇気が必要であるのは云うまでもないが、それだけでは近代の科学戦は乗り切れないと同じ事が、思想戦でも云われはしないか。小乗的な、姑息な老婆心によって国体を限定し、理性のない愛国心と蛮勇とをあおり立てる事は、国家百年、千年の計をあやまるものではないか。日本の国体はどんなものでも恐れず、どんな科学的思想をも包含し、それによって益々進化し、益々成長して行くものとして進めるべきではないか。——科学の栄養を与えずに、伝説の中にこの国の国柄を押込めてしまわなければ安心出来ないという事は小乗的な杞憂ではないか。

今度の事変でもそうであるが、たといこの事変がおさまっても、今後の国際関係は大変である。それはジリジリと、いつ果てるとも見えない総力戦を不断に戦って行くようなものである。戦闘ばかりが戦争でない事は云うまでもない。戦闘行為は中断しても広い意味での競り合いが全くおさまるものではない。それだから予想された相手国の事情というものを、もっと国民に研究させるべきではないか。英米は勿論、ソヴィエットについても、そしてドイツについても。

これは勿論、戦闘の直接の当事者である軍部では精細に調査研究している事であろうとは信ずるが、併し国家総競争の今日、国民の智力の協力はゆるがせに出来ない事である。思想戦の対策から云っても、国民の智的能力を信じて、それを延ばさせるべきである。

自分はそう思うが、今日の大学の学生などはもっと積極的に動員してその思想対策の方向に働かすべきである。唯いたずらに彼等を弾圧していれば、何も知らない無気力の第二の国民しか製造出来ない。――姑息なことをしていれば、思想戦に科学の欠如を慨歎しなければならなくなるだろう。

大乗的に大きく考え、日本国民を信頼し、そういう意味での愛国的熱情を培うべきである。

○

扨て少し話の趣を変えるが、近頃或文芸批評家が、文学者が政治をあげつらうのはよくない、それよりもよろしく文学に帰るべきだ。文学に帰ってそれに専心する事が国に報いるの道だ、という意見を述べていた。——昔尾崎紅葉の唱えていた文章報国という言葉が思い出されて頰笑まれる。

そしてその文芸批評家は、その文学報国の覚悟に辿りついた時、「ほっとした」と正直に告白しているが、ほっとしたというからには、恐らくその文芸批評家はその問題で、今まで煩悶懊悩していたのであろう。けれどもほっと出来たところを見ると、その文芸批評家に取ってこの問題は、単に自己の立場の問題であった事が解る。文芸批評家として、政治についても論及すべきか、文学専門に止まるべきか、そのいずれにすべきかという、単に去就の問題であったことが解る。それだから文学報国に辿りついて。「ほっと」胸を撫で下ろす事が出来たのである。

併し果してそんなものであろうか。そんな「ほっとした」安堵などがあるであろうか。何故かというと、今の政治が国民に与えているもろもろの重大な影響は、それをあげつらうべきかあげつらうべからざるか、その態度の決定如何によって解消出来たり、安心出来たりするような簡単な問題ではないからである。

餅屋は餅屋に帰って餅をついていればそれが報国になり、鍛冶屋は鍛冶屋でトンカンやっていればそれが報国になるという時代が嘗てはあった。安心して家業にいそしんでいればそれが報国になるという時代が嘗てはあった。尾崎紅葉の文章報国説の生れたのもそんな時代であった。紅葉以後も随分長い間そういう時代が続いたという事が云えるかも知れない。併し今はそんな時代ではない。安心して家業に精を出すその「安心」が何処かへ飛んで行ってしまったからである。それは国民が堕落して「安心」という美徳を失ったからではない。そうではなくて、政治が「安心」という信頼感情を国民の実生活から奪ってしまったからである。

実際国民は誰だって安心したいのである。安心したくて安心したくて堪らないと思っているのである。安心してお上に信頼し、自分の家の業にいそしんでいたいのである。街上に酔っ払ってへどなど吐いていたくはないのである。——それがその文芸批評家の考える如く、「立場の問題」であり、「去就」の問題であるならば、誰でも政治に対する関心を捨てて、家の業に専心する事によって、日本国民としての報国の道を択ぶであろう。文学者ばかりではない。総ての国民が家業に帰るであろう。それには前提として「安心して」が先行条件的に必要なのである。それだからその先行条件の安心を求めようとして、国民は何故「安心出来ないか」と考える。そうすると、どうしても政治について考える事からのがれる道は、どんな方面でも今やないのである。

政治を語らず、文学に専心することが報国の道だと考えてほっとしたという、その「ほっと」などは、本気に物を感じ考える人間ならありはしないのである。

しつこくその文芸批評家の文学報国の覚悟を追窮する必要もないが、併し「文学に帰れ」という、その帰る「安全な文学」などが何処かにあるのであろうか。その事も私などには滑稽に思われる。現実に眼を蔽うて立て籠る「文学」という象牙の塔などが、いまだにその文芸批評家にはあるのであろうか。餅屋が政治に関心を持つのが餅屋でなくなるわけでもなく、鍛冶屋が政治に関心を持つのが鍛冶屋でなくなるわけでもないと同じく、文学者が政治について意見を述べるのが、何も「文学」から飛出すわけでもないと、私などには考えられるのである。

――

別の文芸批評家がうまい事を云った。「政治が生活を失わしてしまった。生活を取戻せ」――これははっきり記憶していないが、窪川鶴次郎氏ではなかったかと思う。そしてそう云った窪川氏の意味を精密には記憶していないが、その言葉そのものには私も私流の解釈を施した上で賛成である。――私は文学者は再び自分の眼で事物を見直すべき時期に来たという事を書きもし、又或座談会でしゃべりもしたが、それは明治大正の文学の自由主義時代に再び帰れるという事を意味するものではない。野放図の個性尊重、独創尊重時代に帰れるという事は今のところ当分ないであろう。谷崎潤一郎の享楽的悪魔主義よし、武者小路実篤のユートピア的人道主義よし、葛西善蔵の独善的風来坊主義よし――実際その頃は唯作者の個性、独創というものが尊重された。それが特異であればあるだけジャアナリズムの喝采を博した。……その個人主義的自由主義が、左翼の擡頭によって団体主義に移行し、そして更にそれとイディオロギイの全然対蹠的な全体主義がそれにつづいて、そしてそれがあらゆるものを支配して来たのである。それだから、作家達に要求されるものは、ほしいままなる個性の乱舞跳梁ではなく、団体の或は全体の目標と一致すべきものになった。乃至はその目標を促進させるものとなった。――併し団体主義乃至全体主義について行けるのは、その団体主義乃至全体主義の目標がはっきりしているか、はっきりしているかの如く見える時に於いてのみである。そしてそれに心から納得の行く時に於いてのみである。然るにその目標があやふやであれば、再び自分の眼で事物を見直さなければならなくなるのである。それだからと云ってそれは単に「文学に帰れ」というような意味でも、又昔の個性時代に戻れという意味でもない。動き出したものは既に動き出してしまったのである。そこでその動き出したものの底を、何ものにも曇らされない眼で、はっきり見つめるという事である。本心から日本の政治動向を直視しろという事である。

解説　広津和郎の散文精神

小森陽一

はじめに

本書は一九四七年六月に新生社から出版された『広津和郎評論集　散文精神について』に収録された論考に、新たに「散文精神について」「散文芸術について」「再び散文芸術について」を加えて成り立っている。

本書に収められた論考で最も早いものは、一九二四年九月の『新潮』に発表された「散文芸術の位置」、発表時期が最も遅いものは一九四四年七月の『八雲』に発表された「徳田秋声論」である。一九四七年五月三日に新しい日本国憲法が施行され、天皇ではなく「日本国民」が主権を持つことになり、新しい国家体制になった直後に、あえて戦前・戦中の論考を一冊にして、戦後の文学界に広津和郎は一石を投じたのである。

広津がこの時期にあえて『散文精神について』を出版した理由の一つは、一九四六年から四七年にかけて、戦後の「政治と文学」論争が行われていたことにある。

長い間弾圧されつづけていたプロレタリア文学を復興させ、民主主義的な文学勢力を結集するために、「新日本文学会」が一九四五年一二月三〇日に創設される。翌四六年三月に『新日本文学』を機関誌として創刊。発起人は秋田雨雀、江口渙、蔵原惟人、窪川鶴次郎、壺井繁治、徳永直、中野重治、藤森成吉、宮本百合子。賛助会員として志賀直哉、野上弥生子、広津和郎が名を連ね、「創立大会報告」では正宗白鳥、上司小剣、室生犀星、谷崎精二、宇野浩二、豊島与志雄が「賛助会員」として加えられた。そして発起人について同報告では、「帝国主義戦争に協力せずこれに抵抗した文学者のみがその資格を有する」と規定していた。

蔵原や中野は「新日本文学会」の在り方を、戦前のプロレタリア文学運動を継承発展させるものと位置づける議論を展開している。これに対し、一九四六年一月に、荒正人、小田切秀雄、佐々木基一、埴谷雄高、平野謙、本多秋五により創刊された『近代文学』において、平野や荒が戦前のプロレタリア文学運動を批判し、これに中野が反論する形で戦後の「政治と文学」論争が展開されたのである。『散文精神について』は、この論争への広津の側からの応答となっている。

一、出発点としての「宣言一つ」論争

広津和郎は、硯友社作家広津柳浪の次男として生まれ、麻布中学時代から新聞や雑誌の懸賞小説に応募し、何度も入選し賞金を獲得していた。早稲田大学英文科在学中の一九一二年、葛西善蔵や谷崎精二らと同人誌『奇蹟』を創刊し、短篇小説や翻訳を発表する。早大卒業後「毎夕新聞」に勤務し、退職後の一九一六年から茅原崋山主宰の雑誌『洪水以後』の文芸時評を担当し、まずは批評家として文壇に登場する。『トルストイ研究』に発表された「怒れるトルストイ」（一九一七年二〜三月）で注目を集めた後、「神経病時代」（『中央公論』一九一七年一〇月）で小説家としても認められていく。主人公の新聞記者鈴木定吉は、神経の暗示に従って動く「性格破産者」で、作者自身を含む、この時代の弱き知識人の戯画となっている。

一九一七年のロシア一〇月革命とソビエト政権の樹立は、同時代の日本にも大きな衝撃を与

えた。日本政府は一九一八年八月から一九二二年一〇月にいたる「シベリア出兵」で、革命に乗じてロシア極東部を日本の勢力圏に入れようとした。それに対して日本国内では「シベリア出兵」に反対する運動、新しいソビエト政権を認めるべきだという、労農ロシア承認運動が展開されていった。

小牧近江らの『種蒔く人』は、一九二一年にロシア飢餓救済運動を呼びかけ、翌年の東京メーデーでは「労農ロシアの承認」が決議されていった。日本の国内においても労働運動が急速に勃興しつつあった。こうした状況の中で、一九二二年一月号の『改造』に有島武郎の「宣言一つ」が発表されたのである。

有島は「社会問題の、問題として又解決としての運動が、所謂学者若しくは思想家の手を離れて、労働者そのものの手に移ろうとしつつある」と現状をとらえ、第四階級としての労働者は、もはや他の階級出身の指導者を必要としていない、と主張した。そのうえで自分は支配階級に生まれ育ち、その特権による教育を受けて来たのだから、労働者階級になることは出来ない。また第四階級のために議論を展開したり、運動などをすることも、自分にとっては虚偽となるのだから、自分は第四階級以外の人に訴えることにする。「どんなに偉い学者であれ、思想家であれ、運動家であれ、頭領であれ、第四階級的な労働者足ることなしに、第四階級に何者をか寄与すると思ったら、それは明らかに僭上沙汰である」。これが有島の基本的論点であった。

これに対して広津は「時事新報」の一九二三年一月一日から三日にかけて「ブルジョア文学論――有島武郎氏の窮屈な考へ方――」（月刊誌が表示月の一ヶ月前の刊行だったので、このような日付の応答関係になった）を発表し、有島の考へ方は階級観念に脅かされ過ぎていると批判し、文芸の価値は階級概念をこえた普遍的なものだと反論した。

これに対し有島は即座に「広津氏に答ふ」（「東京朝日新聞」、一九二二年一月一八日～二一日）を発表し、㈠全生活を純粋な芸術境に没入できる者、㈡自分と周囲の実生活との間に、合理的な関係を形成しないと芸術を生み出せないと感じる者、㈢自らの芸術を実生活の便宜に用いようとする者、という三つのタイプに分類した。有島は第一のタイプに泉鏡花を位置付け、自分は第二のタイプに属するとした。

芸術と実生活との間に、正しい関係をつくり出したいと考えて、「宣言一つ」を発表したと告白した有島は、自分もプロレタリアに訴える芸術家になりたいが、生い立ちの境遇と受けた教育による素養によってそれが出来ないと述懐した。広津は「有島武郎氏に与ふ」（『表現』、一九二二年三月）、「いろいろなこと――所謂階級文芸と階級問題」（「時事新報」、一九二二年三月五日、七日）などで論点を補足したが、両者の議論はかみ合うことはなかった。

「宣言一つ」論争には、堺利彦、片上伸、室伏高信、青野季吉、河上肇などがかかわるが、有島は階級移行の困難さを「想片」（『我等』、一九二二年五月）で訴えて論争から身を引き、北海道の有島農場の解放や個人雑誌『泉』の刊行など、実際の生活における改革を試みていく。しかし、一九二三年六月九日、有島は軽井沢の別荘において、婦人記者で既婚者であった波多野秋子と心中してしまう。その三ヶ月後の九月一日午前一一時五八分四四秒に、相模湾北部を震源とする関東大震災が発生したのであった。

二、「散文芸術」論争の行方

地震発生の時間が正午の一分一六秒前であったため、昼食準備のために火が使われており、火災は一三四ヶ所から発生し、鎮火まで二日以上かかっている。死者行方不明者は一〇万をこえ、被災者は三四〇万人に達した。

大震災の翌日に、第二次山本権兵衛内閣が成立し、ただちに東京周辺に戒厳令を敷いた。戒厳令は一一月一五日まで続き、人々の市民的政治的自由は奪われた。九月一日の午後三時頃から「社会主義者及び鮮人の放火」「不逞鮮人の暴動」といったデマが、一部は警察や軍隊から意図的に流された。各地で組織された自警団は、官憲と一体となって多くの在日朝鮮・中国人を虐殺した。

三日夜から翌未明にかけて平沢計七や川合義虎ら一〇名の労働者が軍隊に虐殺される、「亀戸事件」が発生し、一六日には憲兵大尉甘粕正彦らに大杉栄と伊藤野枝夫妻らが殺される、「甘粕事件」が起きている。こうした軍と警察が一体となったテロリズムが十分に批判されることはなかった。財界では大地震は危険思想を受け入れている国民に対する天罰だという「天譴論」が唱えられてもいた。そして戒厳令が解除される五日前の一一月一〇日には「国民精神作興ニ関スル詔書」が出され、天皇が直接、国民の「浮華《ふか》放縦《ほうしゅう》」「軽佻《けいちょう》詭激《きげき》」を戒め、「質実剛健」の精神を形成するよう呼びかけたのである。思想信条はもとより、生活の細部と感情までが、国家統制の対象となる時代に突入したのであった。

国家的規模で言論統制がきびしくなっていく状況の中で、広津は「散文芸術の位置」の冒頭で「地震前のことは非常に遠いような気がするが」と断りながら、関東大震災前の一九二二年に行われた二つの文学論争についてふり返っている。その一つが先に述べた「宣言一つ」論争であり、もう一つが里見弴と菊池寛との間で行われた「内容的価値論争」である。

論争の命名のもとになったのは、菊池寛が一九二二年七月『新潮』に発表した「文芸作品の内容的価値」であった。その中で菊池は、「当代の読者階級が作品に求めているのは、実に生活的価値である。道徳的価値である。倉田百三氏の作品、賀川豊彦氏の作品などの行われることを見ても、思ひ半ばに過ぎるだろう。が、それを邪道とし、芸術至上主義を振りかざして、安閑としてもいゝのかしら」と主張したのであった。

おりしも近代に生きる人間の利己主義と他者への愛との関係性を追究した、倉田百三の『愛と認識との出発』（岩波書店、一九二一年三月）が若い人たちの大きな支持を得ており、その前の年の一九二〇年には、賀川豊彦の自伝的小説『死線を越えて』が一大ベストセラーとなり、出版流通の世界における、「文芸作品」の在り方が決定的に転換したことを、菊池寛は里見弴に突きつけたのであった。「芸術至上主義を振りかざして、安閑としてもいゝのかしら」という一節は、里見が『改造』に連載していた「文芸管見」を強く意識しての批判であった。

里見は八月号の『改造』でただちに「芸術と言ふ言葉をやたらに安ッぽく扱ひ、反芸術至上主義を標榜し、文学青年や世間人の気うけのよさそうな説ばかり述べている」と反論した。

広津は菊池と里見の「内容的価値論争」と、自分のかかわった「宣言一つ」論争をふまえながら、「散文芸術の位置」において、「芸術という一般的な言葉」を「もう少し細かに区分けする必要が生じ」るとして、「音楽、美術、詩、散文」と分けてみせたうえで、「散文芸術」を「小説芸術」として位置づけ直し、それが「一番人生に近い性質を持っている」と定義する。

そのうえでかつて「宣言一つ」論争で有島が第二のタイプとして分類した、「自己の生活とその周囲に関心なくして生きられなかった」芸術家によって「散文芸術」は生み出されると広津は結論したのである。そして、「一口に云えば、沢山の芸術の種類の中で、散文芸術は、直ぐ人生の隣にいるものである」という有名な定義が生まれたのである。

この広津の主張を支持したのが、佐藤春夫の「散文精神の発生」（『新潮』、一九二四年一一月）であった。佐藤は、「混沌を混沌のままとし懐疑のままとして投げ出し、しかも安全としているところの散文精神の芸術家」を、「近代主義の芸術家」として認めるべきだと主張したのである。

これに対し生田長江が「認識不足の美学者二人」（『新潮』、一九二四年一二月）で反論するが、広津の議論とはかみ合わなかった。長江に応えるために広津は、「再び散文芸術の位置について」を『新潮』の一九二五年二月号に発表するが、議論は深まらなかった。

一九二八年の「三・一五事件」、さらに翌年の「四・一六事件」と国家権力による日本共産党に対する大弾圧事件が続く中で発表された「わが心を語る」（『改造』、一九二五年六月）では、「ソヴィエットでチェホフの芝居を禁止したという事」と、「尻尾を巻いて逃げる」と洋行の挨拶をした久米正雄の話を重ねながら「自由主義」の時代の終りを慨嘆する。

また「政治的価値あり得るや」（『改造』、一九三〇年三月）では、前半で小林多喜二の「暴風警戒報」における「演説口調」と「英雄意識」を批判すると同時に、平林初之輔の関わった「政治的価値」と「芸術的価値」をめぐる論争に言及し、共産党の運動が非合法化される状況そのものを批判している。こうしたなかで一九三一年の四月、宮本顕治が評論「同伴者作家」で広津を取り上げたのである。

一九三三年六月、当時の日本共産党の指導者であった佐野学と鍋山貞親が、獄中から「共同被告同志に告ぐる書」という転向声明を公表し、治安維持法被告の大多数が転向し、所謂「転向文学」の時代となる。

一九三五年七月に「報知新聞」に連載した「犀星の暫定的リアリズム」では、同時代の「日本の社会情勢」を、「階級問題で動いていた急進派の敗退、そして右翼が企てる一つの弾圧——それは急進的左翼に対する弾圧ばかりではなく、穏健な自由主義者の上にもかぶさって来たあの重圧」と分析し、現状を「物を見る眼というものを奪われていく時代」と認識し、詩人から散文芸術家になった犀星に「『切り込む』目標をはっきり見つける目」を「開」くことを求めていくのであった。

三、「散文精神」という抵抗軸

「二・二六事件」の直後である一九三六年三月に、武田麟太郎が主宰し、高見順や本庄陸男など元のプロレタリア文学系の作家たちを中心とする『人民文庫』が創刊された。「日本浪曼派」などの超国家主義的文学運動や、「文芸懇話会」といった国家による文化統制に抵抗する「人民文庫」派の文学の一つの中心的主張が「散文精神」であった。その「散文精神について」の講演メモと座談会の感想が「散文精神について」である。

「講演メモ」では、プロレタリア文学作家から超国家主義者に転じた林房雄を厳しく批判しながら、「どんな事があってもめげずに、忍耐強く、執念深く、みだりに悲観もせず、楽観もせず、生き通して行く精神」として「散文精神」を定義する。さらに、新聞連載評論「散文精神について」では林房雄の「散文精神攻撃」に反論し、「今日のロマンティシズム」が「民衆と隔離していく性質」を持っていると指摘し、「結論を急がずに、じっと忍耐しながら対象を分析して行く精神」、「結論を急がぬ探求精神」が「新しい散文精神が掲げるモットー」だと広津は主張している。

「歴史を逆転させるもの」(『文芸春秋』、一九三七年六月)では、高校の入試の際「雑誌は何を読むか」という質問に対して「うっかり総合雑誌の名などをいったら、それだけで睨まれてしまう」ような言論抑圧状況を告発したうえで、言論の「自由」が存在したのは、「大正の初期――そしてその前後の一五、六年間」だと広津は主張する。そしてこの記事が掲載されている『文藝春秋』で行われた「新々官僚なるものの座談会の記事」で、「真の日本のファッショはわれわれの手によってやる」と「大気焔を揚げた」連中が、学生時代に「マルクスによって社会の見方を教わった」と語っていたことをあえてとりあげている。ここには天皇制的軍国主義における、極左と極右の政治主義が反転しうる思想状況が正確に捉えられている。

一九三八年から翌年にかけて、広津はあらためて「散文精神」の問題について発言している。その一連の発言を整理したのが「散文芸術諸問題」(『中央公論』、一九三九年一〇月)である。まず言及されているのは、「雑誌『文芸』の依頼でやった」武田麟太郎との対談のことである。改造社から発行されていた『文芸』は、「文芸復興」と言われた状況の中で、一九三三年一一月に『文学界』や『行動』に一ヶ月遅れて創刊された、もっとも権威のある総合文学雑誌であった。その対談の反響が非常に大きかったことに触れたうえで、広津は自らの「散文芸術」論の「二十年」間を総括している。

　この論考の中で広津は、本多顕彰と北原武夫の批判に応答し、あらためて「近代」において「散文芸術」としての「小説」がなぜ「著しい発達」をしたのかを問い、「小説」というジャンルであればこそ、「文学は表現の問題と共に、その表現は素材の変化によって変って行く」と主張している。

　同じ月の『文藝春秋』に発表された「国民にも言わせて欲しい」は「後記」や「後注」に注意を払って読むと、国家総動員体制に突入した後の平沼騏一郎内閣の混迷ぶりに対する広津の辛辣な批評精神が読みとれる。ドイツが提案した日独伊防共協定を三国軍事同盟にしようとして、五相会議を四十数回重ねたこととの一連の過程と、板垣征四郎陸相等の賛成派と米内光政海相等の反対派との対立を「小田原評定」と比喩することを含めて、「散文精神」に貫かれた「指導階級」批判になっている。

　一九四〇年二月の『文藝春秋』に発表された「政治と文学」は、阿部信行内閣の総辞職、米内光政内閣の成立を受けてその直後に書かれていると同時に、「国民にも言わせて欲しい」と対になっている。ここで批判されているのは、日米開戦後の一九四二年五月二十六日に内閣情報局と大政翼賛会によってつくられた「日本文学報国会」につながっていく菊池寛等の動きに重ねて、「日本の指導階級の再復興」が強調されていることである。それはかつて「尾崎紅葉の唱えていた文章報国」という言葉に重ねられて批判されていく。すなわち、「小乗的な、姑息な老婆心によって国体を限定し、理性のない愛国心と蛮勇をあおり立てる事は、国家百年、千年の計をあやまるものではないか」という一文は、一九四一年一二月八日の「真珠湾攻撃」以後の日米開戦後の大日本帝国が踏み込んだ危険な領域を正確に批判している。

戦時下において国策に沿う「文学」以外は発表することが出来なくなる中で、広津はあえて「散文精神」を生き抜いた作家について論じることを選んだ。人間性と自由を奪う戦時思想統制に抗して広津の論じたのが、島崎藤村と徳田秋声であった。

『改造』の一九四三年一〇月号に掲載された「藤村覚え書き」は、この年の八月二二日に脳溢血のため大磯の別邸で死去した、島崎藤村への追悼文である。しかし藤村の死には一言もふれていない。藤村が完成させた最後の長編小説『夜明け前』の出版記念会の思い出から入り、そのときの挨拶を引用しながら、「私はこの十日間ほど毎日藤村の作物に没頭してみた」という一文の後に「藤村について感想を書けという注文を受けた機会」とあることによって、追悼文の依頼を受けての文章だということがわかるようになっている。そして最後の段階で、「この十日間ほど藤村の作物に没頭した」と再び言及することで、追悼の気持ちを見事な「散文精神」で読者に伝えているのである。

そして一九四四年一月、『八雲』に発表されたのが、その前年の一一月一八日に肋膜癌のために亡くなった、究極の自然主義作家への追悼評論「徳田秋声論」である。その中の短篇小説「のらもの」についての広津の過去の評言があえて引用されている。「つまり部分は全体を構成するに役立ち、その事に始めて生きるだけで、それ自身何の独立した意味を持っていない。それでいて全体としてヌキサシならぬもので、どの部分も切り放しようがない。これはそれ程にひきしまった作品である」。これが究極の「散文芸術」の中に見いだされた、広津和郎の言うところの「散文精神」の奥義なのである。

（こもり・よういち＝日本近現代文学研究者）

初出

徳田秋声論　『八雲』（1944・7）
藤村覚え書き　『改造』（1943・10）
散文精神について（講演メモ）　『人民文庫』主催講演会での覚え書き（1936・10）
散文精神について　「東京日日新聞」（1936・10・27〜29）
散文芸術の位置　『新潮』（1924・9）
再び散文芸術の位置について　『新潮』（1925・2）
散文芸術諸問題　『中央公論』（1939・10）
犀星の暫定的リアリズム　「報知新聞」（1935・7・26〜21「銷夏雑筆」）
美しき作家　『日本評論』（1941・9「豪徳寺雑記」）
わが心を語る　『改造』（1929・6）
政治的価値あり得るや　『改造』（1930・3「文芸時評」）
歴史を逆転させるもの　『文藝春秋』（1937・6「社会時評」）
国民にも言わせて欲しい　『文藝春秋』（1939・10）
政治と文学　『文藝春秋』（1940・2）

編集付記

一、本書は、広津和郎が編集にかかわったと思われる『広津和郎評論集　散文精神について』（新生社、一九四七年）に準じて編集し、同評論集から「末弘博士の『著作権問答』を駁す」（『中央公論』一九三二・九）と「あとがき」をのぞいた。

一、今回の出版にあたって、同評論集には収録されていなかった「散文精神について」（「東京日日新聞」一九三六・一〇・二七〜二九）、「散文芸術の位置」（『新潮』一九二四・九）、「再び散文芸術の位置について」（『新潮』一九二五・二）を加え、小森陽一による解説を付した。

一、編集に際しては、『広津和郎評論集　散文精神について』を底本とし、『広津和郎全集』（中央公論社、一九八九年普及版）を参照した。

一、底本中の明らかに誤植と思われる箇所は訂正した。難読を思われる語にはルビを付し、一部現代用語用字に改めた。

著者略歴

広津 和郎（廣津 和郎、ひろつ・かずお）

一八九一（明治二四）年一二月五日―一九六八（昭和四三）年九月二一日。作家、評論家。麻布中学時代から雑誌に投稿、早稲田大学時代には翻訳などをして生計をたて、舟木重雄・葛西善蔵らと同人誌『奇蹟』を創刊。卒業後、文芸評論を中心に文学の道に進む。戦時中は文学報国会会則（案）に反対するなど時流批判を隠さず、距離を置く。戦後、松川事件に深く関わり被告の無罪に奔走する。主な作品に『神経病時代』、『風雨強かるべし』、『泉へのみち』、『散文精神について 評論集』、『松川裁判』、『年月のあしおと』（正・続）など。父は広津柳浪、長女は広津桃子。

散文精神《さんぶんせいしん》について

二〇一八年九月二一日 初版 第一刷発行

著 者 広津 和郎

発行者 新舩 海三郎

発行所 株式会社 本の泉社

〒113-0033
東京都文京区本郷二-二五-六
TEL. 03（5800）8494
FAX. 03（5800）5353
http://www.honnoizumi.co.jp

印刷／製本 中央精版印刷株式会社

DTP 河岡 隆（株式会社 西崎印刷）

ISBN978-4-7807-1905-5 C0095